手切れ金代わりに渡されたトカゲの卵、実はドラゴンだった件

DRAGON DATTA KEN

追放された雑用係は竜騎士となる

vol. 2

KUSANOHA OWL
草乃葉オウル

ILLUSTRATION
有村

TEGIREKIN
GAWARINI WATASARETA
TOKAGE NO TAMAGO, JITSUHA
DRAGON DATTAKEN

MAIN CHARACTERS
フゥ
雪山に住むジューネ族の姫。
魔法道具の発明が得意。
ユート
追放されたところを、
『キルトのギルド』に拾われた
冒険者。困った人を放って
おけないお人好し。
リンダ
肉屋の娘。
ロックと仲が良い。
ロック
ユートの相棒であるちび竜。
生まれたばかりだが
最強の力を秘めている。

ソル
ジューネ族の族長であり、
フゥの父親。
部族内に不和を抱えている。
ヴィルケ
ジューネ族の交易隊の隊長。
切れ者であり、
部族内での信頼も厚い。
ラヴランス
悪徳貴族ズール男爵の息子。
ユートに敵対心を
持っている。
キルト
『キルトのギルド』のギルドマスター。
「次世代の最強冒険者《ニア・グランドマスター》」の
称号を持つ。
シウル
『キルトのギルド』のメンバー。
父親が亡くなった事件の真相を
追っている。

プロローグ

俺——ユート・ドライグがヘンゼル王国の田舎《いなか》から王都に出て来たのは今から2年前、14歳の時だ。

都会への憧《あこが》れを抑え切れずに、両親と妹の暮らす家を飛び出した俺に仕事を与えてくれたのは、王都を拠点に活動している冒険者ギルド『黒《くろ》の雷霆《らいてい》』だった。

当時の俺は魔法が使えず——それは今も同じなんだけれど——武術もまったくの素人《しろうと》。王都で生きていくために、ギルドの様々な雑用をがむしゃらにこなしていった。

ある日、ギルドの責任者、ギルドマスターであるヘイズが、幻《まぼろし》の魔《ま》獣《じゅう》の卵を入手しろという無茶な依頼を、お得意様の貴族・ズール男爵《だんしゃく》から受けた。

そして貴重な卵がそう簡単に見つかるはずもなく、間違って別の魔獣の卵を届けてしまう。

当然ながらズール男爵は激怒した。ヘイズは許しを請《こ》うために、すべての責任を俺に押し付け、なんと追放した。

ギルドから放り出された俺へ手切れ金代わりに渡されたのは、誰からも必要とされていないその卵であった。

そんな卵から生まれて来たのは、紅色《べにいろ》のウロコと小さな翼《つばさ》、ひょろ長いしっぽと4本の脚、つぶらな瞳と短い角《つの》を持った伝説の魔獣——ドラゴンだ。

従魔契約《じゅうまけいやく》を交わし、ロックと名付けたそのドラゴンと共に、俺は『キルトのギルド』に入った。

その名の通り、キルト・キルシュトルテという女性がギルドマスターを務めているギルドだ。

キルトさんはヘイズとは正反対の人格者にして、凄腕《すごうで》の冒険者。そして、竜の牙《きば》から削《けず》り出された剣「竜牙剣《りゅうがけん》」を気前良く与えてくれた。

新たな環境と力を手に入れ、俺とロックはキルトさんのもとで色んな依頼をこなしていき、ある時、アルタートゥム遺跡群《いせきぐん》に立ち入った。

そこは『黒の雷霆』が管理している場所だったのだが、彼らの杜撰《ずさん》な仕事のせいで機械仕掛けの古代兵器「魔鋼兵《まこうへい》」が目覚めてしまった！

偶然再会した『黒の雷霆』の女性冒険者、シウル・トゥルーデルと協力しつつ、俺とロックは遺跡中の魔鋼兵を倒して回ることになる。

ドラゴンに対抗すべく作られたと伝わるだけあって、魔鋼兵には苦戦を強《し》いられたけれど、最終的にはキルトさんの力も借りて何とか事態を解決することが出来た。

その後『黒の雷霆』へのペナルティが執行《しっこう》され、彼らは上級ギルド認定を取り消された。

そして、『キルトのギルド』に新たなメンバーがやって来た。

アルタートゥムの遺跡群で行動を共にし、俺の戦いを支えてくれたシウルさんが決意を新たにギルドの門を叩いたのだ。

彼女は亡き父が行っていた魔獣の生態調査および魔獣図鑑《ずかん》の執筆《しっぴつ》を引き継ぐという、半《なか》ば諦《あきら》めかけていた夢を再び抱き、それを叶《かな》えるために『黒の雷霆』も辞めて来た。

そして俺にも変化があった。

上級ギルドの闇《やみ》を暴《あば》き、手にしたC級冒険者の称号。大仕事が終わったタイミングで受け取った、ロックが生まれた時の卵の殻《から》を使った新しい防具。

武器は竜の牙、防具は竜の卵の殻、連れているのは竜の子ども。

ゆえにごく一部の人々は俺のことをこう呼ぶようになった――竜騎士《りゅうきし》ユート・ドライグと。

第1章　ロックの大追跡

ユートのC級昇格とシウルのギルド加入を祝うバーベキューパーティーの翌日——

パーティーの主役だったユート・ドライグは自室で寝込んでいた。

本人は強がっていたが、やはりアルタートゥムでの戦いの疲れは1日では取れなかったのだ。

高級ポーションを2本服用し、竜牙剣にすべての魔力を注ぎ込んだとなれば、本来3日は寝込んでいなければならない。万全な状態で戦うとなれば、1週間は様子を見たいほどだ。

さらに昨日は張り切って肉を食べ過ぎてしまったため、ユートの胃は激しくもたれていた。

脂《あぶら》ののった肉を食べ慣れていない人間が、たまにガッツリ食べるとこうなってしまう。

どちらかと言えば、戦いの疲労より胃もたれの方が重症《じゅうしょう》かもしれない……。

「ごめんなさい……。今日は休みます……」

「はい、お大事に～」

無理してでも働こうとしがちなユートも流石《さすが》にダウン。

彼の自室に様子を見に来たシウルは、とりあえず水だけ置いて部屋を後にした。

「美味《おい》しいお肉でお腹を壊すこともあるんだなぁ」

これまで数々の男に取り入り、高いものを飽《あ》きるほど食べて来たシウル。

そんな彼女でも昨日のバーベキューは生涯《しょうがい》で一番と言えるほど美味しい食事だった。

誰かに媚《こ》びてエサのように与えられる食事ではなく、心を許せる相手との楽しい時間……。

今日の彼女はユートと反比例するように絶好調だった。

「さて、お勉強しなきゃね」

1階に降りたシウルは受付に座り、何枚かの紙をカウンターに並べた。

これはキルトから出された宿題である。内容は一般常識や計算能力、魔獣や植物に関する知識などが問われるものだ。

シウルは人に取り入ることで良い立場を得ていた一方で、冒険者としての技量や知識は初心者並である。そのため、今は基礎《きそ》を固めている最中だった。

宿題を出したキルト自身は朝早くから仕事に出ており、帰って来るのは夕方になる。

なので今日はシウルが受付に座り、宿題をこなす傍《かたわ》らでこのギルドを切り盛りする。

……とはいえ、このギルドに客は滅多《めった》に来ない。

いつしかキルトも言っていたが、よほど思い悩んでない限り、このオンボロなギルドの前で立ち止まる人はいないのだ。

ゆえに『キルトのギルド』の主な収入源は、すべての冒険者ギルドのまとめ役であるグランドギルドからキルトへ直接依頼された仕事の報酬《ほうしゅう》ということになる。

一度書類の整理を手伝ったシウルは、上級ギルドであった『黒の雷霆』でも見なかったような高難度の依頼書がわんさか出て来るのを目撃している。

(本当に強いんだなぁ、キルトさんは。でも、恥ずかしがり屋なところもあって、私がジーッと見つめてると思わず視線を逸《そ》らしちゃうところとか、かわいいのよねぇ〜！)

だが、そんなキルトが今日はいない。ユートも寝込んでいる。

今このギルドを守っているのはシウルとロックなのだ。

「クー……クー……」

今日も朝から自主的に修業をしていたロックは、お昼を前にして居眠りをしている。

場所はちょうど入口近くにあるテーブルなので、暴漢《ぼうかん》が押し入って来てもロックが退治してくれるだろう。

広いギルドの1階にポツンと1人でいるのが不安だったシウルは、ロックをとても頼りにしていた。

(でも、まだまだ私には懐《なつ》いてくれないのよねぇ〜。何か嫌われるようなことしたかなぁ？)

そんなことを考えているから、宿題は全然進まない。

シウルは髪の毛をわしゃわしゃとかき回して邪念《じゃねん》を頭から追い出す。

(集中するのよ私！　ユートは優しいから許してくれた。キルトさんは優しいから受け入れてくれた。でも、世の中はそうじゃない。私の居場所はここ以外にないし、私はここにいたい！　だから、ちゃんと仕事が出来る人間にならないと！）

シウルが『黒の雷霆』に所属していたのは短期間だが、その間、同じギルドのメンバーや現場で出会った他のギルドのメンバーに横柄《おうへい》な態度を取って来た。

『キルトのギルド』を追い出されれば、次に行く当てなどないことを彼女は自覚していた。

（もう昔の私には戻らないわ……！）

シウルは宿題に打ち込んだ……5分ほど。

その後、息継ぎをするように顔を上げた。

「……ぷはっ！　こんなに集中出来るなんて私も成長したなぁ！　ちょっとだけ休憩《きゅうけい》よ！」

人は急には変われない。だが、少しずつでも彼女は変わろうとしていた。

「そろそろお昼か〜。何食べようかな〜」

「おじゃまします！　トカゲさんのご飯を持って来たよ！」

玄関の扉を勢い良く開けて、肉屋の娘リンダ・フライシュが入って来た。

その手には何かの骨や肉片がどっさり入ったバケツが提《さ》がっていた。

「あら、いらっしゃいリンダちゃん」

「こんにちは！　シウルお姉ちゃん！」

リンダはギガントロールに襲われた馬車に母親と共に乗り合わせ、危ないところをユートとロックに助けてもらったことがある。

その礼として肉屋を営《いとな》んでいる彼女の両親がギルドに新鮮な肉を提供したことで、昨日のバーベキューパーティーが実現した。

バケツにどっさり入った肉や骨は売り物にならない部位で、人間にとっては価値がないが、バキバキと噛《か》み砕《くだ》けるドラゴンのロックにはご馳走《ちそう》だ。

それを自分の手でロックに届けたいがために、彼女はギルドへやって来た。

しかし、今日はいつも一緒にいる母親の姿がなかった。

「……1人で来たの？」

「はい！　お母さんはダメって言ってたけど、もう私だって1人でお使いくらい出来るもん！」

「そ、そうなの？」

『キルトのギルド』が拠点を構える下町は治安が悪いと聞いていたシウルは、一瞬不安に思った。

ただ、王都の中心街での暮らしが長かった彼女には、下町は危険という知識はあっても実感はまだなかった。

昨日出かけた時もキルトかユートがついて来たので、誰かに襲われた経験もない。

トラブルすら見かけなかったので、下町でも明るい時間は安全なのかも……とシウルは考えた。

「バケツのご馳走、今日もありがとうね。ロックもきっと喜ぶわ」

「ク〜！」

お腹を空かせていたロックが目を覚ましてリンダのもとに駆け寄る。

リンダがバケツを床に下ろすと、ロックは早速その中身を食べ始めた。

ユートがダウンした日は狩りに行けないので、リンダが持って来た食べ物は何よりのご馳走だ。

「トカゲさん、いい子いい子〜」

まだロックがドラゴンだと知られたくなかった頃にユートがついた嘘《うそ》を信じ続けているリンダは、ロックのことをトカゲだと思っている。

だが、本当の種族が何だろうと関係なく、リンダはロックのことが大好きだ。

ご飯の時間が終わった後は頭を撫《な》でたり、自分の頭に乗せたり、翼をパタパタさせて風を起こしてもらったりしてロックと一緒に遊ぶ。

そして、本来なら、最後は母親に手を引かれて名残惜《なごりお》しそうに帰っていくはずだった。

今日、母親はいないが、代わりに早めに帰って来るように言い聞かされている。

リンダは一通り遊んで満足した後、やはり名残惜しそうにギルドを去ろうとする。

「待って！　送って行かなくて大丈夫かな？」

幼い子を1人で帰すことに不安を覚えたシウル。

それに対してリンダは少しムッとして言った。

「大丈夫だもん！　1人で帰るまでがお使いだから、最後まで1人で頑張るもん！」

「そ、そう……？　じゃあ……気をつけてね。ロックのご飯ありがとう」

「トカゲさん、また来るね！」

「クー！」

すたすたとギルドを後にするリンダを、シウルはただ見送るしかなかった。

「最近の子はしっかりしてるなぁ……。私も頑張らないと！」

やる気がみなぎったシウルは再び宿題に取りかかる。

ロックは腹ごなしとばかりに翼をパタパタさせて飛行の練習をしつつ、正面のストリートが見える窓のヘリに前足をかけた。

この窓は換気のために常に開いており、そこからは道を行く人々がよく見える。

もちろん、今ギルドを出て行ったばかりのリンダが歩く姿も見えた。

ロックはその背中を目で追っていく。

しかし、次の瞬間、リンダは脇道から出て来た屈強な男に捕まり、路地裏《ろじうら》へと引きずり込まれてしまった。

「クゥ!?」

あまりにも一瞬の出来事……。明らかに悪事に慣れた者の動きだった。

目撃者はおらず、いたとしても一目で悪人とわかる男から見ず知らずの子どもを助けようと考える者はそういない。特にこの下町ともなれば……。

「ク、クゥ……」

シウルは宿題に集中している。

悲鳴すら上げさせない一瞬の誘拐《ゆうかい》に気づいているはずもない。

たとえ気づいていても、彼女の能力で追跡は不可能……。それどころか、見た目の良さが災《わざわ》いして一緒に攫《さら》われる可能性の方が高い。

とはいえ、2階にいるユートを頼るにしても彼は絶不調。

しかも事件を伝えに行く間にもリンダは遠くへ離れていく……。

今は匂いで位置が掴めているが、そのうち消えるか、他の匂いに打ち消されるかもしれない。

悩む時間が長くなるほど救出の確率は低くなっていく。

ロックは覚悟を決めた。自分がリンダを助けるんだ……と。

「クゥッ……！」

攫われたリンダを追って、ロックは窓から外へ飛び出した。

勢いそのままにリンダが引きずり込まれた路地裏に飛び込む。

しかし、そこには誰もいなかった。

だが、匂いは確かに残っている。

「クゥ……！」

肉屋の娘のリンダからは肉の匂いがするのだ。

人間には嗅《か》ぎ分けられない微《かす》かな匂いだが、犬を遥《はる》かに上回る嗅覚《きゅうかく》を持つドラゴンのロックにはわかる。

リンダは確かにここを通ったのだ。

「クゥ、クゥ、クゥ」

匂いをたどって薄暗い路地裏を進む。

しかし途中で匂いは途切れ、ロックは手がかりを失ってしまった……かに思われた。

「クゥ！」

王都の路地はほとんどが石造りで、あまり使われない路地裏も例外ではない。

ただ、路地裏は手入れが行き届いておらず、敷石《しきいし》にヒビが入ったり汚れたりしている。

そんな中で、匂いが途切れた場所に敷かれている石は妙に小綺麗《こぎれい》で妙に大きい……。

ロックは鋭《するど》い爪《つめ》をその石の隙間《すきま》に差し込み、力いっぱいめくり上げた。

「クォ……！」

路地裏の敷石の下には、成人男性が楽に通れるくらいの大穴が開いていた！

しかも、その穴は奥へ奥へと続いているようだ。

「クゥ！」

ロックは恐れることなく穴の中に飛び込んだ。

穴の中に何がいようと、ドラゴンより恐ろしいわけがない。

「クゥ、クゥ……クー！」

この穴の奥から匂いを感じる。

穴の中は真っ暗だが、竜の瞳は完全な闇をも見通す。

間違いなく人工的に掘《ほ》られたであろう穴は追っ手を撒《ま》くためか、ご丁寧《ていねい》に分かれ道まで作ってあった。

だが、ロックには通用しない。迷うことなく最短ルートで穴の中を駆け抜けていく。

やがて、またもや匂いが途切れる場所にたどり着いた。

穴はまだ先に続いているが、もう匂いは感じない。

「クゥ……クー！」

ロックは脚と翼の力で真上に飛び上がった。

勢い良く頭を天井にぶつけると、天井だと思われていたものが吹っ飛び、青空が見えた。

「ク〜！」

穴から抜け出したロックはここが王都の外だと気づいた。

離れたところに王都を囲う白い城壁が見える。

この穴は、悪党が城門を通ることなく外へ出るために作られたものだった。踏み固められて平《たい》らになった穴の中の地面は、この抜け道が幾度となく使用されたことを物語っている。

さらにリンダを攫った者はロックに近いスピードで穴を抜けている。

それだけこの穴を使い慣れた熟練《じゅくれん》の人攫いということだ。

「クゥ……！」

ロックはそんな論理的な思考をしているわけではない。

だが、竜の本能が敵を舐《な》めてかかってはいけないと告げていた。

「クゥ、クゥ……グゥゥゥ!?」

再び匂いでリンダを追おうとしたロックは顔をしかめる。嗅いだこともないような刺激臭《しげきしゅう》が鼻を襲ったのだ。

これはまさに匂いによる追跡を阻《はば》むためのトラップ。

犯罪者を逮捕し裁《さば》きにかける憲兵団《けんぺいだん》や、依頼で犯罪者を追うことがある冒険者の中には、鼻の利《き》く魔獣を従えている者がいる。

今回リンダを攫った者はそういう追っ手を想定し対策する能力があった。

しかし、そんな者ですら想定していないことがある。

それは追跡者がドラゴンということだ。

「クゥ～」

初めての刺激臭にビックリしたロックの鼻だったが……すぐに慣れた。

もうこのキツい臭《にお》いの中からでもリンダの匂いを判別出来る。

「クゥ、クゥ、クゥ！」

ロックは再び駆け出す。現在地は草があまり生えていない荒野《こうや》だ。

比較的見通しの良いこの場所で、すでに人攫いの姿が見えないということは、何らかの乗り物に乗った可能性が高い。それもかなり足が速い……。

しかし、ロックの足だってすこぶる速い。

ユートと共に過ごした、短くとも濃厚な戦いの日々がロックを大きく成長させている。

「クウゥウゥーーーーーッ!!」

矢のような速さで走るロック。

たとえどんな足の速い生き物に乗っていようと、今のロックから逃れることは出来ない。

やがて、その瞳は前を走る馬車を捉えた。屋根のない、荷馬車にも似た馬車だ。

リンダの匂いは間違いなくあの馬車から流れて来ている。そして同時に、あの馬車からは複数の人間の匂いを感じる。

人攫いは単独犯ではなかったのだ。

だが、ロックにそんなことは関係ない。

リンダを助ける……その一心でロックは馬車に迫って行った。

◇　◇　◇

「簡単な仕事でしたねぇ兄貴！」

ロープでぐるぐるに巻かれ、猿《さる》ぐつわを噛まされたリンダをポンと叩いて男が言う。リンダは青ざめて目に涙を浮かべていて、そのそばには4人の男がいた。不思議なことに、御者がいないのに馬車は真っすぐ走っている。

「兄貴が来るまでもなかったんじゃないですかい？」

兄貴と呼ばれたのは、伸びた黒髪と無精《ぶしょう》ヒゲが目立つ男。

彼は「へへっ」と笑いながら答える。

「いや、こういう簡単な仕事だからこそ、たまには見ておかないとな。簡単なメシの方が料理人の腕前が出るように、簡単な誘拐の方が人攫いの腕前が出る」

「流石はB級指名手配犯……！　部下の育成にも余念《よねん》がありやせんね！」

「あたぼうよ。でなきゃこの『褐色《かっしょく》の鷲《わし》』の頭目《とうもく》は務まらない」

王国の……それも王都を中心に暗躍《あんやく》する犯罪集団『褐色の鷲』。

この集団に所属するすべての人間が指名手配犯であり、リーダーである兄貴ことアラドー・ベアはB級指名手配犯に位置づけられている。

冒険者におけるB級はギルドの幹部クラス……。

同様に、犯罪者におけるB級もそれ相応の悪の才能がなければ認定されない。

戦闘能力も当然高く、彼らを正面から捕まえられるチャンスが来たとしても、上位の憲兵や騎士、冒険者がその場にいなければ逆に全滅させられてしまう。

そうして彼らは主に人攫いという犯罪を積み重ね、悪の地位を築《きず》いている。

泣く子も攫う『褐色の鷲』の悪名は王国中に轟《とどろ》いているのだ。

だが、そんな彼らもまったく想像していなかった。

まさかこれから、ドラゴンに追いかけられることになろうとは……。

「ところで兄貴！　今回の俺の仕事っぷりは何点くらいっすかね？　俺としては満点の出来栄《できば》えだと思ってるんすけど！」

実行犯の男がニコニコ顔で尋《たず》ねる。

今回の犯行はすべて彼による計画で、誘拐対象にリンダを選んだのも彼である。

アラドーは抜き打ちテストのような形で犯行に後から参加し、その計画性と仕事っぷりを近くで観察していたのだ。

「ふむ、じゃあ真面目《まじめ》な話をするか」

アラドーは自分のヒゲを撫でながら語る。

「最近繁盛《はんじょう》してる肉屋の娘ってのは、軽めの仕事としてはいい狙いだ。身分の高い子どもや金持ちの子どもはそれだけ搾《しぼ》り取れる身代金《みのしろきん》も多くなるが……ガードが固い。捜査《そうさ》にも力が入る。安易に手を出しても自滅するだけだ」

「もちろん、わかってやす！　だから、この程良い娘を選んだんすよ！　そこそこ裕福《ゆうふく》だが身分は高くない。住んでる場所も中心街からは少し遠い。そして何より1人でウロウロしたがる年頃！

誘拐のチャンスはあり過ぎるほどあったっす！」

「だが、誘拐のタイミングは少し減点だな。冒険者ギルドから帰る途中に攫ってしまうと、少なくともそのギルドは責任を感じてしつこく行方《ゆくえ》を嗅ぎ回るだろう。そうしないと評判が下がってしまうからな。やるんならギルドに行く前にやるべきだった」

「そ、それはその……本来はそういう予定だったんすよ。この娘はほぼ毎日同じ時間帯に店から出て来るんで、そこを狙おうって……。ただ、兄貴が来るっていうことで少し時間がズレて……」

「……それはすまなかった」

馬車の中の空気が微妙な感じになる。

リンダはユートたちと出会う前から外で遊びたい盛《さか》りで、何かと理由をつけては忙しい母の制止を振り切り外へ飛び出していた。

彼らはそれを知ったうえで前々から誘拐計画を立てていたのだ。

「ま、まあ、下町の寂《さび》れたギルドが本気になったってたかが知れてるさ。この減点は取り消しておくとして、あのギルドについて調査はしてあるのか？」

「えっと……実は何でこの娘があのギルドに用があったのかわかってなくって……」

「まったく調査してないのか？」

「いえ、あのギルド自体は知ってます！　いつ見ても人気《ひとけ》がなくって、正直空《あ》き家《や》なんじゃないかって思うほどなんすけど、掃除《そうじ》はされてるようで建物の前や窓はそこそこ綺麗なんすよ。仲間の話じゃボサッとした雰囲気《ふんいき》の女が管理してるみたいっすけど、それ以外の情報が……」

「俺もそれくらいなら知ってるが、確かにそれ以上は知らんな……」

ユートたちが来る前の『キルトのギルド』は、グランドギルドの依頼を受けたキルトが秘密裏《ひみつり》に動くだけのギルドだった。

ギルドの建物は実質的にキルトの家としての役割しかなく、犯罪集団である『褐色の鷲』すらまったくマークしたことがなかった。

昨日のパーティーを知っていれば、一応リンダとギルドのつながりは把握《はあく》出来ただろうが、残念ながら昨日は彼らも、遠出から帰って来たアラドーを祝うためにパーティーを開いており、その日はリンダを監視《かんし》していなかったのだ。

アラドーが遠出した理由は、攫った人間を売り飛ばすルートを確保するため、国境付近にいる他国のバイヤーのもとまで出向くというもので、無事に済めば祝うのも仕方ない大悪事ではあった。

ただ、そのせいでアラドーはしばらく王都を離れており、王都の事情には疎《うと》い。

帰還してすぐなので、細かな王都の状況も仲間からあまり聞かされていない状態だった。

ゆえにこの数日で、まったくマークしていなかった場末《ばすえ》のギルドが賑《にぎ》わいを見せていることなど、少しも把握していなかったのだ。

調査不足と言えばそれまでだが、無数に存在するギルドのすべてに目を光らせることは不可能に近い。

ユートは最近目立っていたとはいえ、冒険者は彼だけではない。

毎日どこかしらの冒険者の失敗や成功が世間を賑わせているのだ。

それにユートの活躍はあの上級ギルド『黒の雷霆』のスキャンダルとセットなので、どうしてもそちらの方に目がいってしまう。

アラドーも流石に『黒の雷霆』の上級認定取り消しは仲間から知らされていた。

しかし、アルタートゥムの遺跡群で起こったことは、世間には公表されていなかった。古代兵器の復活という、国民に大きな恐怖を与えるものであったからだ。

そのため、何が決め手となって『黒の雷霆』の上級認定が取り消されたのかも伏《ふ》せられている。

そして、皮肉にも『黒の雷霆』の悪評は無数に存在する。

取り消しになる悪事に心当たりが多過ぎて、人々は真実にたどり着かないのだ。

「……まあ、大丈夫だろう」

アラドーは簡単な言葉で結論を出した。

「俺もチラッとギルドを見たが、あまりにも静か過ぎる。中にほとんど人がいないんじゃねぇのか？　正直、あのギルドに俺たちを追う能力はないように思えるぜ」

微妙になった空気を変えるために、アラドーは前向きな言葉を並べる。

だが、B級指名手配犯である彼は妙な胸騒ぎを覚えていた。

「まあ、ギルドのことは置いといても減点ポイントはもう1つある。それは抜け穴に入る前に匂い消しを使わなかったことだ。入口を発見されるともうあの抜け穴は使えなくなる。だから匂い消しは出た後より入る前に使うべきだな」

「それは素直に俺のミスっす。すいません！」

「次から気をつければいい。今回は大丈夫だ。匂いなんて時間が経てば消えるし、そもそもあの路地裏はゴミとか転がってて臭《くさ》いしな！　匂い消しなんてなくても並の魔獣じゃ匂いはたどれんさ」

「そう言ってもらえると俺も安心っす！」

違う。アラドーは自分に言い聞かせるために「大丈夫」と言っているのだ。

大丈夫、大丈夫、何も起こらない……。その願いが届かなかったことを彼はすぐに知ることになる。

「クウウウウーーーーーーッ!!」

突然の鳴き声に男たちはビクッと震える。

それは人生で一度も聞いたことがない未知の鳴き声だった。

「な、何の鳴き声だ？」

「さあ……ここら辺に住む魔獣じゃないっすかね……」

「後ろから聞こえたぞ……！」

振り返る男たち。そこには紅色のウロコを持つトカゲのような生物がいた。

しかも、その生物は爆走する馬車以上の速度で走っているのだ。

「何だあの生き物⁉」

「イワトカゲじゃないんすか⁉」

「馬鹿野郎！　イワトカゲは動きのトロい魔獣だ！　こんな速度で走れるはずがない！　考えてもみろ、俺たちの馬車を引いているのは……！」

「クアァァァァァッ‼」

アラドーの言葉を遮《さえぎ》って、謎の生物は炎の塊《かたまり》を飛ばして来た。

それは直撃こそしなかったが、馬車の付近で爆発を起こす。

その爆風を受けて馬車が激しく揺れる……！

「くっ……！　なんであいつはこの馬車を狙うんだ⁉」

「腹が減ってるとか？」

「よし、食い物を後ろにぶちまけろ！」

男たちは魔獣が好きそうな干し肉などを後ろに向けて投げつけた。

しかし、謎の生物は見向きもしない。ひたすら馬車を追う。

「完全に俺たちが狙いってことか……⁉」

「人間が主食の魔獣かもしれないっす……！」

「だとしても、仲間は投げ捨てられねぇ……！」

「こ、このままじゃ追いつかれちゃうっすよ！」

男たちは兄貴の言葉を待った。

「……飛ぶぞ。翼を展開しろ。風魔法による補助も準備だ」

「了解！」

屋根のない彼らの馬車は、座席はあるが、壁は手すり程度の高さだ。

ゆえに乗っている人間が姿勢を低くすれば、風の抵抗をかなり抑えられる。

さらにこの馬車には特別なギミックが存在する。

折りたたまれた特殊な革製の翼が両サイドに備え付けられており、紐《ひも》を引くことでそれを広げることが出来るというものだ。

これは翼を広げることで空を飛ぶように速く走れる……という気休めみたいな理由でついているものではない。

翼は空を飛ぶためについているのだ。

「ちょっと今日は乗ってる人数が多いが……頼むぜグリープ！　お前の力を見せてくれ！」

「クルォォォォォォーーーーーーッ!!」

彼らの馬車を引いている生物、それは魔獣グリフォン。アラドーの従魔であった。この馬車が御者なしで走れるのは、人間の会話を理解出来るグリフォンの知能の賜物《たまもの》だ。

グリフォンは一見ライオンのようなシルエットだが、頭は鷲で体の前半分は羽毛に覆われている。

前脚は鳥のように鋭い爪を持ち、後脚は獅子《しし》のように太く強靭《きょうじん》。

そして何より、広げると数メートルにも及ぶ巨大な翼が特徴だ。

「俺たちは空飛ぶ人攫いだ！」

グリフォンが大きく羽ばたき、それに合わせて男たちは風魔法で馬車に揚力《ようりょく》をつける。

この息の合った連携で馬車は空を飛ぶ！

彼ら『褐色の鷲』はこの飛行能力で幾度となく死線をくぐり抜けて来た。

どんな実力者も人間の力だけで自由に空は飛べないのだ。

「あばよ、よくわからんトカゲ！　捕獲して売り飛ばしたいところだが、あいにく俺たちは思い付きで仕事はしない主義でなぁ！　今回は身代金の確保を優先させてもらうぜ！」

勝《か》ち誇《ほこ》る男たち。そんな彼らのすぐ横を炎の塊が通過する。

「ひぃ……！」

「ビビるな！　地上からデタラメに撃ってるだけだ。すぐに諦めるだろうさ」

「いや兄貴っ！　あいつも空を飛んでるんすよ！」

「なぁにぃ⁉」

謎の生物は、明らかに体を支えられないであろう小さな翼で空を飛んでいた。

しかも馬車に合わせてどんどん高度を上げている。

「いや、その翼で空は飛べないだろ普通……」

これには『褐色の鷲』のメンバーもあんぐりと口を開けて驚愕《きょうがく》するしかない。

それどころか、ロック自身も大変驚いていた。

馬車が空を飛んだこと、そして自分が自由自在に空を飛べること……。

ドラゴンという種族はそもそも生まれて数日で空を飛べるようになる。

しかし、そのお手本となる親がいなかったロックは、いまいち飛ぶコツを掴めずにいた。

それがこの土壇場《どたんば》でコツを掴んだ。というか、もはや気合で空を飛ぶすべを身につけたのだ。

ロックには身代金目的の誘拐と人身売買目的の誘拐の区別などつかない。

ここで取り逃したら二度とリンダと会えないかもしれないという強い危機感が、その小さな翼を動かしていた。

「一体あいつはなんで俺たちを追って来るんだ!? 普通馬車が飛んだら諦めるだろ!」

ロックの正体も目的も知らない人攫いたちは困惑するしかない。

だが、実行犯の男はその正体に思い当たる節《ふし》があった。

「もしかしたら……こいつがウワサのドラゴンなのかも……!」

「ドラゴン？　そんな話初耳だが？」

「俺もマジネタだとは思ってなかったんすけど、なんか王都にドラゴンの子を連れた冒険者が現れて、すごい活躍してるってウワサになってて……！」

「そんなウワサ、定期的に出て来るガセネタだろ？　前もトカゲの魔獣にコウモリの翼を縫《ぬ》い付けてドラゴンだと言い張ったり、馬の魔獣に翼や角をくっつけてペガサスだのユニコーンだの騒いだり……そんなことあっただろ!?」

「俺もどうせそういうもんだとばっかり……。でも、後ろのあいつはただの魔獣には思えないっす！　きっと本物のドラゴンの子なんすよ！」

「むぅ……！」

普段から悪事を働いているだけあって、普通の人間より疑《うたぐ》り深い彼ら。

だが、実際にロックを見てしまえば、その正体がドラゴンだと思えてくるのも事実……。

「……なるほど、いろいろとつながってきた。ドラゴンの住処《すみか》はあのギルドで、このガキはドラゴンにエサをやりに行ってたんだ。そして、俺たちがガキを攫う瞬間を見られた！　それでこんなにしつこく追って来るってわけだ！」

「じゃ、じゃあ、どうするんすか？　このままじゃアジトまでついて来るっすよ……！」

「それは問題だが、逆に助かったこともある」

「助かったこと……？」

「あのドラゴンは馬車を攻撃出来ない。馬車を壊せばガキがどうなるか、わかったもんじゃないからな」

「そ、そうか！　だからさっきから微妙に攻撃を外してるんすね……！」

「これで撃墜《げきつい》を恐れる必要はなくなった。野郎ども、逆にあいつを撃ち落としてやれ！」

「「「了解！」」」

アラドー以外のメンバーは4人。うち2人は風魔法による飛行の補助に回っているため、残りのメンバーでロックに攻撃を仕掛ける。

「落ちろクソドラゴン！」

炎や水を飛ばすオーソドックスな魔法攻撃がロックを襲う。

だが、ロックは縦横無尽《じゅうおうむじん》に大空を飛び、そのすべてを回避していく。

「あ、兄貴！　当たりません！」

「もっとよく狙え！」

アラドーは近接戦闘を得意とする男。魔法もそちらに特化しており、射撃には使えない。

不甲斐《ふがい》ない部下の攻撃を見ながら、苛立《いらだ》ちを募《つの》らせるしかないのだ。

「クアッ！　クアッ！」

ロックはお返しとばかりに小さな炎を飛ばし、人攫いたちの顔面を狙う。

直撃しても死にはしないが、戦闘不能は必至の一撃だ。

「ぐあああああッ!!」

1人の顔面に炎が直撃し、顔を押さえながら馬車の上に転がる。

馬車に燃え移らない程度の火力だが、人体へのダメージはやはり大きい。

「お前ら姿勢を低くしろ！　やられるぞ！」

全員が姿勢を低くする。

リンダは縛《しば》られた状態で足元に転がされているため、攻撃を食らう心配はない。

「兄貴……このままじゃ！」

「わかってる！　撃ち落とすのはやめだ！　グリープ、しんどいだろうが何とか振り切ってくれ！」

「クルォオオーーーッ！」

グリフォンのグリープが力強く羽ばたく。

馬車の速度は上がり、ロックを引き離していく。

「クウゥウウーーーッ！」

しかし、同時にロックもスピードアップ。飛行しながらより効率的な飛び方を学んでいるロックは、時間が経つごとにスピードが上がっていくのだ。

「今日は風も強いってのに、なんでちっこいあいつは流されないんだ……!?」

「ば、バケモノっす……。やっぱりあいつはドラゴンなんすよ！」

ドラゴンは風だけでなく、空間に満ちる微弱な高魔元素《こうまげんそ》――自然界に存在する魔力を掴むように飛ぶ。

そのため、どんな暴風の中でも流されることはないとされる。

逆に高魔元素の流れが激しい場所では風の力も利用する。

最強の魔獣であるドラゴンは、どんな生物よりも自然の力を扱うのが上手い。

「クルォ……クルォ……！」

「すまない……！　そろそろしんどいなグリープ……！」

大の男が何人も乗った馬車を引きながらの飛行は、いかに空を駆ける魔獣グリフォンといえども体力の消耗《しょうもう》が激しい。『褐色の鷲』が空を飛んでいられる時間はあと5分にも満たないだろう。

「兄貴……決断を！」

「しかたねぇ……！　降りて戦うぞお前ら！」

グリフォンは障害物の少ない草原を着陸場所に選んだ。

これだけスピードが出ていると着陸出来る場所も限られてくる。

「地上に降りれば俺も戦えるからよぉ……！」

「頼んます兄貴！」

自らの武器である突起《とっき》のついたガントレットを装備し、着陸するや否《いな》や、アラドーは馬車から飛び降り、後ろに降り立ったロックをにらみつけた。

「俺たちは思い付きで仕事はしない主義だが……今日ばかりは違う！　必ずお前を屈服《くっぷく》させ、貴族にでも売りつけてやる……！」

果たして屈服させられるのはどちらなのか。

風の吹きわたる草原で両者は激突する。

「お前ら、かかれぇ！」

『褐色の鷲』のうち、怪我のない3人も馬車から降りてアラドーと共にロックを取り囲む。

複数で1人を狙う時は取り囲んで袋叩き……。

まさにセオリー通りの動きだが、今回はそれが仇《あだ》となってしまった。

ロックは今まで、リンダが乗った馬車を傷つけないために手加減をしていた。

なのに彼らは自分から馬車を離れてしまったのだ。

「クアッ！　クアッ！　クアッ！　クアッ！」

四方《しほう》に吐き出された4つの炎の塊が人攫いたちを襲う！

「うわあああッ!!」

「ぎゃあ……ッ！」

「ぐおぉぉぉッ!!」

3人は回避も防御も間に合わず直撃を受ける。

炎の爆発で数メートル吹き飛ばされ、そのまま気を失った。

唯一防御が間に合ったのはアラドーだが、金属製のガントレットで炎を受け止めたのは間違いだった。炎で熱されたガントレットは容赦《ようしゃ》なく彼の腕を焼く。

「あ、あちぃぃぃッ!!　ぐっ……クソがぁ！」

ガントレットを脱ぎ捨てるアラドー。これで彼は武器を失ってしまった。

ただ、それだけで済んだのは幸運である。

彼の背後に馬車がなければ、ロックはもっと強い火力で吹っ飛ばしたことだろう。

（ちくしょう！　俺じゃあのバケモノには勝てねぇ！　だが、グリープはへとへとでとても戦えない……クソッ！　俺たちはいつも通り仕事をしてただけなのに、どうしてこんな目に……ッ！）

この状況でも反省はしないアラドー。

そんな彼だからこそ、ある悪魔的な作戦が頭をよぎった。

「そうだ……！　おいクソドラゴン！　それ以上動くんじゃねぇぞ……！　次にお前が動いたら、このガキがどんな目にあうかわからねぇぜ……！」

アラドーは馬車の荷台に駆け戻ると、持っていた短剣をリンダに向け、ロックを脅《おど》し始めたのだ。

「クゥ……!?」

「賢《かしこ》いお前にはこの意味がわかるようだな！　まさか俺も魔獣相手に人質作戦をやることになるとは思わなかったぜ！　恨《うら》むんなら魔獣のくせに無駄な頭を持ってる自分を恨むんだな！」

形勢逆転……。アラドーは笑みを浮かべながら馬車の座席に腰を下ろす。

このまま時間を稼《かせ》ぎ、グリープの体力の回復を待てば自分だけは逃げられる。

部下はドラゴンの餌食《えじき》になってしまうだろうが、彼らはそこまで重要な情報を知っているわけじゃない。アジトの場所を変えれば、またいくらでも悪事を働ける。

Ｂ級指名手配犯にまで上り詰めた自分と、空を駆ける魔獣グリフォンがいれば捕まることなんてあり得ない……アラドーはそう思っていた。

「動くな……動くなよ！　お前のことは見逃してやるよ……。近づけたら何されるかわからないからな！　あぁ……俺の計画はガタガタだ……。こんな状態じゃ綿密《めんみつ》な駆け引きが要求される身代金の要求は難しい……。このガキは他国に売り飛ばすことにするか……ハハハ」

「クゥ……！」

「そんな反抗的な目をしても無駄だ！　お前の……負けなんだよッ！」

その時、草原に一陣《いちじん》の風が吹いた。

「クルォッ……!?　クルォオォーーーーーーッ!?」

「ど、どうしたんだグリープ!?　なっ……ロープがぶった斬られてるだと……!?」

グリープと馬車をつなぐロープがすべて切断されていた。

さらにグリープはパニックを起こし、草原の向こうへと駆けて行ってしまった。

「ま、待てよグリープ！　お前がいなきゃ逃げられないだろうが！」

相棒《あいぼう》の脱走はアラドーの気を逸らすのに十分な出来事だった。

その隙にロックは距離を詰め、アラドーの右腕に噛みついた！

「があああ……ッ！」

痛みで短剣を手放すアラドー。丸腰になった彼がロックに勝てるはずもなく……。

「クウゥーーーッ！」

鞭《むち》のようにしならせたしっぽ攻撃を首に受け、アラドーはその場に崩れ落ちた。

これでリンダ誘拐計画に関わった『褐色の鷲』のメンバーは全員ロックによって倒された。

「クー！」

敵の無力化を確認したロックは、リンダを縛っている縄《なわ》を爪で斬り裂く。

あとは猿ぐつわを外せば晴れて自由の身だ。

「……ぷはっ！　トカゲさん……！　私……ぐすっ……怖かったよぉ……！」

普段は元気いっぱいのリンダもこの時ばかりは泣かずにはいられなかった。

そんなリンダの体を撫でて慰《なぐさ》めるロック。

そして、そこへ近寄る人影……。

「ロック、リンダ、大丈夫か⁉」

「ク～！」

「あ、お兄ちゃんだ……！」

現れたのはC級冒険者ユート・ドライグ。

息を切らし、服は部屋着のまま、工房から受け取ったばかりの防具も身につけていない。

まさに突然ギルドから飛び出して来たような姿だった。

「とりあえず元気そうで良かった……。部屋で寝てたらいきなり従魔紋《じゅうまもん》が輝《かがや》き出して、何だかどこかへ行かないといけない気がして……。導かれるようにギルドを飛び出して走って来たんだ。そしたら空の上でロックが何かを追いかけてるのを見つけて……ここにたどり着いた」

ユートは馬車の座席に座る。相当無理をしてきたので、呼吸がなかなか落ち着かない。

「従魔紋から伝わって来たよ……。ロックの焦り、ロックの覚悟……。だから、俺も必死で追いかけて来たんだ。まだキルトさんみたいに速く走れないけど、ロックだって飛べるようになったんだから俺も……って無理したらこのザマさ……！」

「クー！　クー！」

ロックはユートの頑張りを称《たた》えるように翼をパタパタ動かす。

「ははっ、本当に頑張ったのはロックだよ。ロックがいなきゃ、俺は誘拐に気づくことも出来なかった……。１人でよくここまで犯人を追い詰めたな。偉いぞロック！」

「ク〜！」

さっき草原に吹いた一陣の風……。

あれはユートが竜牙剣を投げた時に起こった風だったのだ。

着替える暇はなかったが、流石に武器は持って来た。

そうして草原までやって来たのはいいが、リンダが人質に取られていては前に出られない。

ならば姿を隠したまま剣を投げて敵の注意を逸らし、ロックが動ける隙を作ろうと判断した。

「こういう時、魔法が使えないのは不便だなぁって思うよ」

呼吸が落ち着いたユートは、草原に突き刺さった竜牙剣を回収する。

残る問題は自分たちがいつ回収してもらえるのか……ということである。

無我夢中《むがむちゅう》で走って飛んだユートとロックには、現在地がまったくわからないのだ。

「キルトさんは朝から出かけてるし、どこに行ってるのかもわからない……。でも、夕方には戻って来るはずだし、夜になる前に誰かが見つけてくれることを祈るばかりだな」

「クー！」

とりあえず人攫い全員を縛って、ユートたちは助けを待つ。

知らない土地でむやみに動き回るのは危険だ。

「ごめんねリンダ。助けた後のこと、考えてなくて……」

「大丈夫だよ！　お兄ちゃんとトカゲさんがいれば私は平気！」

「ク～！」

その後、草原の近くの街の冒険者がユートたちを発見した。

流石に空飛ぶ馬車はよく目立ったようで、割とすぐに彼らはやって来た。

彼らの助けを借りて草原を後にしたユートたちは、馬車を手配してもらい王都に帰還した。

そして、犯人である『褐色の鷲』のメンバーは余罪多数の重罪人であるため、彼らもまた憲兵団の本部がある王都へと送致《そうち》された。

ロックはリンダを助けただけでなく、多くの国民に悲しみを与え続けてきた極悪人の確保にも成功したのだ。

しかし、ロックはそこのところがよくわかっていない。

今はただ達成感と心地よい疲労感の中、リンダの膝《ひざ》の上で昼寝をするのみであった。

◇　◇　◇

俺とロック、リンダを乗せた馬車は、日暮れ過ぎに王都内の馬車乗り場に着いた。

「ふぅ……。すっかり暗くなっちゃったけど、王都まで帰って来れたな」

「クー！」

見つけてくれた冒険者の人たちに感謝しないとな。

俺も突然のことで焦っていたとはいえ、現在地を見失うようでは三流だ。

もうC級冒険者として扱われる以上、不測の事態にもそつなく対応したいものだ。

「うぅ……部屋着のままだと王都の夜は冷えるな……。でも、ちゃんとリンダをお家《うち》に送り届けなければ……」

親御さんは彼女の帰りを待っている。最後までやり切ってこそ冒険者だ。

ただ、ちょっと今の服装はみっともないな……！

長い間使ってる布が擦《こす》れて薄くなった部屋着だし、実は股のあたりに穴が開いてる……。

扉を開けて地面に降り立つと、すぐに声がかかった。

「ユート！　おかえりなさい！」

「シウルさん！　それにキルトさんまで！」

まだ馬車から降りたばかりだというのにギルドメンバーが勢揃いとは！

でも、どうして俺たちが帰って来るってわかったんだろう？

その疑問をそのままぶつけてみる。答えてくれたのはキルトさんだった。

「それは憲兵の伝令のおかげだよ。他の街に駐在《ちゅうざい》している憲兵は、程度の低い罪人なら一旦勾留《こうりゅう》して後で他とまとめて王都へ送致するか、現場で罰《ばっ》を与えて解放する。でも、名の知れた重罪人はその扱いについてまず本部にお伺《うかが》いを立てるのさ」

「なるほど、そのお伺いの憲兵が俺たちより先に王都に着いたんですね」

「そういうこと。ついでに私たちのギルドのメンバー、つまりユートくんが罪人の確保に関わってることも教えてくれたんだ。おかげでこうして帰りを待つことが出来たってわけ。ほら、上着持って来たよ。部屋着のまま飛び出したって聞いてたから心配してたんだ」

「あ、ありがとうございます。助かります」

キルトさんに上着を着せてもらう。これで王都の寒さはしのげるようになった。

「今日も大変だったねユートくん。足……震えてるよ」

「あはは……結構走ったもので。でも、今回は災難に巻き込まれたわけじゃなく、ロックが『キルトのギルド』の一員としてやるべきことをやった結果です。この足の震えはおまけみたいなもので、本当に頑張ったのはロックなんです」

今までは他のギルドの失態に巻き込まれる形だったけど、今回は人攫いの犯行現場を目撃したロックによる捜査と戦闘と確保だ。

悪事を働いたのは向こうだけど、それを追いかけると決めたのはロック。

そして、確保までやり切ったのもロックなんだ。

俺は最後に少しだけ手伝いをしたに過ぎない。

まあ、不調の体にはなかなかこたえる手伝いだったのは否定しないけどな……！

「うん、よく頑張ったねロックちゃん」

「ク～！」

俺の肩に乗っているロックを撫でるキルトさん。本当に今日はお手柄《てがら》だった。

「それにリンダちゃんも無事で良かった」

その場にしゃがんでリンダの頭を撫でるキルトさん。

でも、リンダは何だかバツの悪そうな顔をしている。

「あの……ごめんなさい。私がお母さんやお姉ちゃんの言うことを聞かなかったから……」

「1人で自由に遊びたい気持ちはよくわかるよ。でも、残念ながら王都には悪い人もたくさんいるからね……。毎日悪い人を捕まえようと頑張ってる人たちはいるけど、なかなか全部捕まえるのは難しいんだ」

「うん……」

「リンダちゃんがいなくなったら、お母さんもお父さんもすっごく悲しい。私たちも悲しい。だから、これからはみんなの言うことを聞いて、信頼出来る大人と一緒にお出かけするんだ。大人といるだけで、悪い人たちはなかなかリンダちゃんに手を出せない。すると、いつの間にか悪い人たちはリンダちゃんを狙わなくなるからね」

「わかった……！」

「よし、いい返事だ！　今からみんなでリンダちゃんをお家に送り届ける。悪い人たちが何人出て来ても私がぶっ倒してあげるからね！」

「やったー！」

今はぜひとも悪い人たちに出て来てほしいものだな。

きっと一瞬で病院か監獄《かんごく》へ直行だから……！

「ごめんねユート……。私のせいで……」

リンダの家に向かっている途中、シウルさんが申し訳なさそうに話しかけて来た。

「何のことです？」

「リンダちゃんのことよ。家まで送ろうと思ったところまでは良かったけど、その後あの子に押し切られて1人で帰しちゃった……。これは私の失態よ……！　でも、相手はB級指名手配犯だったみたいだし、私なんかじゃ一緒に攫われるだけだったのかな……」

自分の判断ミスと実力不足……。その両方でシウルさんは悩んでいるみたいだ。

「確かに無理やりにでも一緒について行くのが正解だったとは思います。そうしたらきっと人攫いも警戒《けいかい》して手を出さなかったと思いますからね」

「でも、私なんかを警戒するかしら……？」

「しますよ。きっと向こうはシウルさんのことをよく知りませんし、パッと見た感じ、シウルさんってすっごく強そうなんですよ？　その……悪の組織の女幹部みたいで……！」

軽くロールした紫色の髪は、高貴な雰囲気と妖《あや》しい雰囲気を併《あわ》せ持《も》つ。

それにシウルさんって身長が俺と変わらないくらいあるし、肉付きも良いから割と腕っぷしが強そうに見える。冒険小説なんかに出て来る悪の組織の女幹部って、大抵こんな感じなんだよな。

『黒の雷霆』時代に初めてシウルさんを見た時は、他のギルドから有力者を引き抜いて来たのかと勘違いしたほどだったんだ。

「悪の……組織の……女幹部!?」

「ご、ごめんなさい……！　いい意味でってことです！」

「ふぅん、確かに少し前までその通りの人間だったもんねぇ。これからは謙虚《けんきょ》に生きようと思ってたけど、案外昔みたいな尊大《そんだい》な態度も、使いようによっては人を救えるかもしれないってことね」

シウルさんは胸を張り、人を見下すような視線でツカツカと歩く。

そうだ、人が自然と道を開けていくようなこの歩き方……！

これなら悪党も彼女と関わりたくないと思うだろう！

そんなこんなでリンダの家に到着した俺たち。

ご両親は泣いて娘の帰りを喜び、俺たちに何度も頭を下げた。

「ありがとうございます！　ありがとうございます！　なんとお礼を申し上げたら良いか……！」

この涙を見れば、ロックの行動にどれほど大きな意味があったのか再確認出来る。

同時にリンダを取り戻せなかった時を想像すると……恐ろしくなる。

店の奥の金庫から全財産を持って来ようとするご両親を止め、俺たちはギルドとしての不手際《ふてぎわ》を詫《わ》びた。

いきなりの来客だったとはいえ、やはり誰かが送り届けるべきだったのは間違いない。

丁重にお礼をお断りし、俺たちはギルドへ帰還しようと歩き出す。

「みんな、ありがとう！　トカゲさん、ありがとう！」

「ク～！」

手を振るリンダに前足を振って応《こた》えるロック。

ロックだけはお礼を貰《もら》う資格があったかもな。

「今度はお父さんとお母さんと一緒にお肉持って行くからね！　それも、売れ残りや捨てる部分じゃないいやつ！」

「クゥ～！」

どうやらロックにはとびきりのご褒美《ほうび》がありそうだ。

本当によく頑張ったな、ロック！

第2章　最北を目指して

リンダ誘拐事件を解決した後、俺は無理が祟《たた》って丸1日寝込んだ。

何だか仕事をするたびに寝込んでいる気がするが、今回はそもそも寝込んでいる最中にさらに無理をしたのだから仕方がない。

もう少し健康的な生活リズムを作りたいが、事件というのは俺の意思と関係なくやって来る。

まあ、ある意味これが冒険者らしい生活だ。

B級指名手配犯アラドー・ベアおよびその一味を確保した報酬は、憲兵団から支払われた。

同時にグランドギルドからも活躍に見合った評価が与えられた。

流石に冒険者ランクがC級からB級に上がることはなかったが、捕まった一味の誰かがまだ捕まっていない別動隊のことを吐いたらしく、そっちの確保もとんとん拍子《ひょうし》で進んだらしい。

おかげで俺はまた大金を手にしてしまったわけだが、これはほとんどロックのおかげだ。

でも、冒険者の規則では、従魔の評価は契約を結んでいる冒険者の評価となる。

なのでロックには俺から美味しいお肉とパンをたくさん贈《おく》らせてもらった。

功績を考えればこれでもまだ足りない気はするけれど、とりあえずはこれが俺の感謝の気持ちだ。

さて、『キルトのギルド』は連日の活躍の甲斐《かい》あって大盛況……とはいかなかった。

同業者である冒険者たちの中ではウワサになっているようだが、普通の依頼を持って来る王都の人々の間で評判が広まるにはまだ時間がかかりそうだ。

メインの仕事は変わらずグランドギルドから送られて来る依頼。

キルトさんじゃないとこなせないような高難度の依頼に加え、ここ数日は俺に対応してほしいという依頼も来ている。

どうやら、グランドギルドの中では俺の名が轟いているらしい……。

他のギルドが面倒がってスルーした仕事や、早急な対応を要する危険な魔獣の討伐《とうばつ》など、ここ数日は忙しく働かせてもらっている。

「もはや半分グランドギルドの人間だな……俺」

「これだけ仕事をこなせるんだもん。グランドギルドだってユートのことを信用しちゃうわ」

「ははは、ありがたいことではあるんですけどね」

シウルさんは基本的に依頼を受けていない。

今は受付に座って勉強しつつ、自身が持つ紫色の雷魔法の鍛錬《たんれん》に励んでいる。

雷魔法で発生する雷は基本的に金や黄色で表現され、練度が上がるごとに輝きを増すことはあっても、紫のような別系統の色に変わることはない。

つまり、シウルさんの雷魔法は特別なんだ。俺も最近知ったんだけどね。魔法に関する古い文献《ぶんけん》には「紫電《しでん》」と呼ばれる存在がちらほら記《しる》されているが、結局それが何なのかはハッキリしていない。

少なくとも通常の雷魔法よりは威力が高いらしいが……練度の低いシウルさんが使ってもその違いがよくわからない。

なので、今はとにかくキルトさんから魔法の基礎を教わっているんだ。

いつか強力な魔法を習得して、一緒に仕事が出来る日が来るといいな。

人手《ひとで》が多ければ仕事が楽になるからね！

「それにしても、この調子だとすぐにB級に上がっちゃうんじゃない？」

「流石にCからBはそう簡単にいかないんじゃないですかね。それにB級への昇格には試験を受ける必要があるって聞いたことがあります」

「あ～、確かに私も聞いたことがあるわ。でも、その試験をやってるのはグランドギルドだし、気に入られてるユートはなおさらB級に上がっちゃいそうな気がするなぁ～」

「そんなコネで昇格みたいなこと……あるんですか？」

「まだE級の私が知るわけないじゃない。でも、結局は人間がやってることだからね～。試験やらなんやらでも、そこに心を絡《から》ませないのは無理な話なのよ。うふふ……！」

シウルさんが言うとなんか説得力がある。

でも、やっぱり能力は正当に評価されるのが一番だ。

冒険者ランクは今までの積み重ねであり、誇るべきもの。そこに後ろめたさは必要ない。

「すみません」

扉を開けて入って来たのはグランドギルドの人だ。

いわゆる連絡係で、各ギルドに必要な情報を伝えて回っている。

毎日このギルドにグランドギルドからの依頼を持って来るのもこの係の人なんだ。

「ギルドマスターのキルト先輩に封書《ふうしょ》を届けに参りました」

「あ、私宛て？　何だろう……？」

キルトさんは不思議そうな顔をしながら封書を受け取った。

いつもの依頼書が入った封筒より薄いし、どうも緊急の仕事というわけではなさそうだ。

「いつもありがとうね」

「いえいえ、こちらこそ。グランドギルドは未だにキルト先輩をあてにしてますよ」

「ふふっ、嬉しいやら悲しいやらって感じかな」

グランドギルドはキルトさんにとって古巣だ。責任者であるグランドマスターから復帰を望まれているという話もあったが、キルトさんは断り続けていた。

連絡係の人を見送った後、キルトさんは封書を開いた。

中に入っていたのは、折りたたまれた1枚の紙だった。

「あー、そういうことか。今年はユートくんとシウルちゃんがいるもんね。もうあの山も雪解《ゆきど》けの季節かぁ……」

キルトさんは心底納得した顔をしている。

だが、俺にはそれが何なのかわからない。

「その紙に何が書かれてたんですか？」

「簡単に言うと……登山へのお誘いかな」

「と、登山へのお誘い……？」

それはレクリエーション企画か何かなのか？

でも、わざわざグランドギルドが登山のお誘いって……。

「ちょうどみんな集まってるし話しておこうかな。秘境《ひきょう》ヒーメル山で行《おこな》われる、若き冒険者たちによる勲章《くんしょう》を懸《か》けた山岳レースの話を……！」

秘境、勲章、山岳レース……？

なんか一瞬でほのぼのしたイメージが吹っ飛んだけど、こっちの方がワクワクさせてくれそうだ。

「その名も『クライム・オブ・ヒーメル』！　舞台となるのは王国の北部にそびえるヒーメル山。別名『太陽の山』なんだけど、冬季はとても雪深くて登れるような山じゃないんだ。でも、このくらいの季節になると綺麗に雪が溶けて、その山肌のほとんどが見えてくる」

「雪崩《なだれ》の心配はないってことですか？」

「うん、ない！　山頂付近の雪ですら綺麗に溶けるんだ。まるで生物が脱皮するかのようにね。なぜそうなるかと言うと、春の訪《おとず》れと共にヒーメル山の山頂に高魔元素の塊が出現するからなのさ」

「高魔元素の……塊？」

「ヒーメル山は複数の高魔元素の流れがぶつかる場所で、特に山頂付近の元素密度は濃い状態になっている。その元素密度があるラインを超えると、岩石のような塊が生成されるんだ。この塊が放つエネルギーで山頂付近の雪が溶け、溶かした分だけ塊の過剰なエネルギーは削《そ》がれて安定した物質になる。この安定状態の塊を『天陽石《てんようせき》』と呼ぶんだ」

「天陽石……何だか宝石みたいな名前ですね」

「実際、天陽石は宝石のように美しいんだ。光を受けて柔《やわ》らかなオレンジの輝きを放つことから『小さな太陽』とも呼ばれているよ。でも、手に入るのはヒーメル山で年に1つ。それも人の手で持てる程度の大きさだから、ちょっと貴重過ぎてね……。現状この石は王国と、ヒーメル山のふもとに住むジューネ族が共同管理しているんだ」

「秘境なのに人が住んでるんですか？」

「ええ、それもかなり古くからね。かつては王国と真っ向から対立して血が流れたこともあったみたいだけど、今では友好的な関係を築いているよ。その証《あかし》としてジューネ族は天陽石を毎年国王に献上《けんじょう》し、国王は金銭や北では手に入りにくい物資を彼らに提供している。ただ、実際のところ天陽石を山頂まで取りに行って、国王に献上しているのはジューネ族じゃないんだ」

「まさか、山岳レースの目的って……！」

「その通り！　選ばれし冒険者たちがよーいドンで一斉に山を登り、最初に天陽石を手に入れたパーティがジューネ族の代理として国王に石を献上することが出来る。そして、そのパーティには褒美として国王から『天陽勲章《てんようくんしょう》』が与えられるってわけね」

勲章――それは王国のため、国民のために尽くした者にのみ与えられる栄誉《えいよ》の証。

当然だが手に入れるのは容易ではない。

大いなる発明をした者、多くの国民の命を救った者、何年も何年も王国に尽くした者……。

勲章を与えられるべき行いは多岐《たき》にわたるが、その対象となる人は決して多くない。

でも、天陽勲章は『クライム・オブ・ヒーメル』に勝つだけで与えられる勲章のようだ。

たとえそのレースが過酷《かこく》なものだとしても、勲章を与えられる条件が明確というだけで、すでに破格の条件と言っても過言ではない。

「天陽勲章は他の勲章に比べて記念品という性質が強い。ジューネ族と王国の友好をアピールするためのね。でも、勲章は勲章だし、毎年1パーティ、最大でも4人しか該当者が出ないのは事実。誇るべき価値があるものなのは間違いないさ」

「ええ、確かに……！」

「しかも、このレースに参加出来るのは冒険者ランクがC級以下、かつ冒険者歴が5年以内の人に限られているんだ。昔は冒険者なら誰でも自由に参加出来たらしいけど、そうすると毎年誰かしらのベテランが圧勝しちゃってね……。友好関係をアピールするための行事とはいえ一応はレースだから、競技として成り立つように制限を作ったみたい」

確かに俺とキルトさんが競争するってなったら始まる前に諦めるもんなぁ……。

C級以下で5年以内ということは俺も入っているし、おそらくシウルさんも入っている。

ゆえにさっきキルトさんは「今年はユートくんとシウルちゃんがいるもんね」と言ったわけだ。

ベテランのキルトさんしか所属していないギルドなら、この招待状が届くはずないからな。

「私としてはユートくんにぜひ参加してほしい。勲章は冒険者としての能力の裏付け。持っているだけで仕事は増えるし、報酬も自然と上乗せされる。これからの冒険者人生を支えるものになるんだ。それに同世代の冒険者と切磋琢磨《せっさたくま》することで新しい発見もある。仮に優勝出来なくてもユートくんには次があるし、ヒーメル山の雄大な自然に挑むことで得られるものは多いと思うよ」

「俺も結構興味が出て来ました。でも、これに参加すると何日も仕事を休むことに……」

「去年の優勝者は単独登山で、ふもとの樹海《じゅかい》から頂上まで1週間ほどかかったって話だね」

「1週間……ですか」

「正確には7日目の昼に山頂へアタックをかけて成功したって感じかな。雪がなくても険しい地形だし、中には固まり過ぎて溶けてない凍土《とうど》もある。雪崩はなくても落石の危険はあるし、時には断《だん》崖絶壁《がいぜっぺき》をクライミングする必要もある。ちなみにユートくんって登山経験はある？」

「ええ、ありますよ。キャンプの設営に登山ルートの確保、料理に見張りに荷物持ち……。素手《すで》で命綱なしのクライミングや、遭難《そうなん》して半月ほどかけて1人で下山した経験もあります」

「そ、そうなんだ……。ユートくんは本当にいつも頑張ってるね……！」

キルトさんは若干引きつった笑みを浮かべている。

そういえば、ロックの卵を取りに行った時も命懸けのクライミングだったな。

そんなに昔のことじゃないのに、なぜかやけに懐かしい気分になる。

毎日の密度が濃いから、ちょっと前のこともすごい昔に感じるんだ。

「ヒーメル山は秘境と呼ばれているけど、何年もレースが行われてるから登山ルートはハッキリしてるし、レース中はジューネ族が総出で参加者たちを見守ってくれるから、ここ数年は死人も出ていない。過酷な登山経験があるユートくんなら楽勝……とまでは言わないけど、他の参加者より有利に進めるはずだ」

「でも、いいんですか？　下山も考えたら2週間以上ギルドに帰れませんが……」

「その分、私が頑張るさ。ユートくんはずっと誰かのために頑張ってきたんだし、たまには自分のスキルアップのために時間を使ってもいいと思わない？　ねえ、シウルちゃんはどう思う？」

「その通りだと思います！　いつもいつも……私を含めて誰かの世話ばっかりしてるんだから、たまには自分のために自分の力を使うべきよ、ユート」

「キルトさん……シウルさん……！」

少し前まで俺は同世代の冒険者を見るたびに劣等感《れっとうかん》を覚えていた。

ギルドに所属して2年も経てばD級に昇格し、それなりの仕事を任されるようになる。

それは『黒の雷霆』でもそうだし、現場でたまに出会う他のギルドでもそうだ。

でも俺だけはずっとE級で、難しい仕事に参加しているけれど扱いは悪くて、いつも悔しかったんだ。

でも、今は違う。今の俺なら純粋《じゅんすい》な気持ちで同世代の冒険者と肩を並べ、何かに挑戦することが出来る！

「最後に1つだけ質問いいですか？」

「ええ、どうぞ」

「そのレースって従魔も参加出来ますか？」

「もちろんっ！」

心は決まった。今年、太陽の山の頂《いただき》に立つのは俺たちだ！

◇　◇　◇

ヒーメル山の山岳レース——正式名称は『クライム・オブ・ヒーメル』。
スタートは1週間後。スタート地点である王国北部までの移動を考えると、準備に使える時間は5日になる。

正直、封書が送られてから開催までの時間が短くないかとは思う。

しかし、このレースはなかなか有名なようで、優勝を目指すような人は季節が変わった時点で準備に入るらしい。あと、南部とか、山から遠い土地の冒険者にはもっと早く連絡が行くみたいだ。

とりあえず、俺も遅れを取り戻すため早速準備に入る。まずはパーティメンバーを決めよう。

「ロックは来てくれるね？」

1人で盛り上がってはいたが、ロックの意思確認も必要だ。

「ク〜！」

首を縦に振るロック。きっと言葉の意味を理解しているだろうし、これで同意は得られた！

高魔元素の流れが強い場所なら、魔獣のロックにとっては過ごしやすい環境のはずだ。

アルタートゥムの時と同じく頼りにさせてもらおう。

「シウルさんはどうしますか？」

「私ねぇ……。今回は遠慮しておこうかな。今の私じゃ足手まといにしかならないし」

「そんな……！　魔法の修業も体づくりも毎日頑張ってますし、足手まといになんか……！」

「なっちゃうのよねぇ〜これが。本気で鍛《きた》え始めたからこそ、ユートとの差がよくわかるわ。今はとても肩を並べて戦えない。でも、それでも、ユートなら私を連れて優勝出来ちゃう気がするの。だからこそ、私は行けない。誰かに甘えて勲章を手に入れても仕方ないから」

「……わかりました。シウルさんがそう言うなら、それが正しいと思います」

「ありがとう。本音を言えば一緒に登山したい気持ちもあるのよ？　私は冒険者になったばかりだしまだまだチャンスはあるけど、今年ユートが優勝しちゃったらもう一緒には登れないからね」

そう言いつつ、シウルさんの瞳には強い覚悟の色が宿っている。

彼女に今必要なのは誇れる勲章ではなく、誇れる自分なんだろう。

「キルトさんは……無理ですよね」

「ふふっ、まあ無理ね。C級は通り過ぎてるし、間違いなく5年以上は冒険者をやってるもの。ギルドのメンバーで楽しく登山するのはまた今度ということで」

「となると、俺とロックで参加することになりますね」

「従魔も人数に含まれるから2人パーティという扱いになるね。まあ、かつて従魔を連れてこのレースを優勝した人はいないいんだけど……ユートくんとロックちゃんなら大丈夫！」

え……キルトさん、今さらっと不吉なこと言ったよな……？

「従魔を連れて優勝した人……いないいんですか？」

「私の記憶が正しければ……ね。でも、これはそういうジンクスがあるって話じゃなくて、単純に並の魔獣ではヒーメル山の環境に耐えられないってことなの。だから、従魔の参加は認められてても、そもそも連れて来る人が少ないのよね」

「なるほど、そういうことでしたか」

それは不吉でもなんでもないな。

高い山の上なんて雪が溶けても寒いだろうし、平地とは環境がまったく違う。

人間より強靭な体を持つ魔獣だけど、その強さは生息する環境に適応した体に支えられている。

その分、環境の変化には人間よりも弱いと聞いたことがある。

まあ、魔獣は人間の衣服や装備のように、分厚《ぶあつ》い皮膚《ひふ》や毛皮を着たり脱いだり出来るわけじゃないもんな。

だがしかし、ロックは最強の魔獣ドラゴンだ。まず間違いなく人間より環境の変化に強いはず！

「ロックは寒いところも平気だよな？」

「ク～！」

よし、本人もこう言っている。意味は伝わっているはずだ。

まあ、ロックがしんどそうなら勲章なんてすぐに諦めて王都に帰って来る。

仕事で危ない橋を渡るならまだしも、勲章のために相棒を危険に晒《さら》す気はない。

とはいえ、ロックは空を飛べるし火も吐けるから、山で苦しめられることになるのは俺の方だろうな……。

もちろん自分の命も大事なので、無理そうなら素早く下山するさ。

さてと、パーティが決まったら次は装備を整えて登山計画を練《ね》ろう。

装備の準備と計画の出来不出来は生死を分ける……。戦いはもう始まっているんだ。

「じゃあ、ユートくんとロックちゃんの2人パーティでエントリーしておくよ。この招待状の裏には詳細なルールが書かれてるから、ユートくんに渡しておくね」

「ありがとうございます！」

その後、俺は仕事をこなしながら本格的な準備を開始した。

まずはルールを確認。持ち込める装備や物資に制限はないと書いてあるが、持ち込み過ぎても負担になるのは目に見えている。必要最低限に装備をまとめるのも腕の見せ所だ。

また、ジューネ族がサポートする的なことは書かれているが、それは登山をサポートするのではなく、トラブルが起こった際に救助を行うという意味合いに近い。

登ることに関しては完全に自力というわけだ……！

もちろん食べ物もテントも用意されていないので、自力で運んで行くしかない。

「なんか……知れば知るほどワクワクしてくるなぁ」

ルールに楽しいことなど何も書かれていないけれど、なぜか心が躍《おど》る。

この過酷なレースにどう立ち向かおうか考えるのが楽しいんだ。

「装備をリュックに詰めてみよう」

稼いだお金でちょっとお高い……でも、性能が良い登山道具を買い揃えた。

前は安くて頼りない道具に命を預けていたけれど、最新式は軽くて丈夫でコンパクト！

凍土に備えてピッケルや、ブーツに取り付けるタイプのチェーンスパイクも持って行く。

テントはロックと一緒に入れるサイズを選択し、各種防寒着も用意した。

あとは干し肉など保存の利く食料、湧《わ》き水《みず》を煮沸《しゃふつ》するための小さな鍋《なべ》もある。

登山中に豪華《ごうか》な料理は食べられない。最低限の食料で体を動かさないといけないんだ。

でも、つい最近まで貧乏《びんぼう》だった俺はそういうのには慣れている。

あとはとにかくヒーメル山の情報を集める。

地図なんて気の利いたものはないけれど、過去に優勝した冒険者たちが執筆した『クライム・オブ・ヒーメル』に関する書籍がいくつか本屋にあった。

毎日寝る前にその本を読み、脳内でヒーメル山へのイメージを高めていった。

誇張《こちょう》された内容もあるだろうけれど、複数の本で内容が被《かぶ》っている部分は信用出来る。

そうして、頭の中で、行ったことも見たこともない山の姿が徐々に完成していく……！

「何だか小さい頃に夢見た冒険者みたいだな、今の俺って」

「クー？」

「冒険者って冒険する人って意味だろ？　だから、こうやって人から頼まれた仕事をする人じゃなくって、色んな山とか海とか遺跡とかを巡《めぐ》って自由に冒険する人だって思ってたんだ。もちろん今の冒険者も好きだけど、こういう冒険もいいなってさ」

「ク～！」

「ははっ、ロックもわかってくれるかい？」

自室で本を読みふけり、冒険を思い描くのは良いものだ。

でも、そろそろ寝ないと明日の仕事に差《さ》し支《つか》える。

明かりを消し、本を閉じてベッドに潜《もぐ》り込《こ》む。

すると、いつもは机の上や床で体を丸めて眠っているロックが一緒にベッドに入って来た。

「なるほど、テントの中で一緒に寝るための練習だな」

「ク〜！」

「相変わらず賢いなぁ〜。じゃ、おやすみロック」

「クゥ〜」

ロックの体は猫や犬のように温かくはない。

でも、冷たくもないという不思議な感触だった。

トカゲは寒さに弱いと聞くが、やはりドラゴンなら大丈夫だろう。


そんなこんなで着々と準備を進め、いよいよ北に向けて出発しようかというレース3日前……キルトさんから驚くべきことを聞かされた。

「えっ……!?　ジューネ族の族長が亡くなったんですか!?」

古くからヒーメル山に住み、登山レースの管理も行っているジューネ族の長《おさ》の訃報《ふほう》。

綿密に準備をして来たからこそ、驚かずにはいられなかった。

「亡くなったというのはその……事件とか事故とか……？」

恐る恐るキルトさんに尋ねる。その答えは思ったよりあっさりしたものだった。

「いや、老衰《ろうすい》だって話だけどね。もうかなりのお歳だったみたいだし」

「あ、そうですか。それは良かった……という言い方は正しくないかもしれませんけど、大きな混乱はなさそうですね」

「まあ、ジューネ族の族長は世襲制《せしゅうせい》だからね。次の族長はすでに決まってるし、『クライム・オブ・ヒーメル』も予定通り開催するって話だよ」

数日くらい延期しても良さそうなのに予定通りに開催か……。

俺は山岳レースなんて簡単な捉え方をしてるけど、ジューネ族にとっては大事な行事なんだ。

「油断しちゃダメだよユートくん。秘境に住む謎多き部族と言っても、私たちと同じ人間であることに変わりはない。指導者を失った後というのは、少なからず集団が不安定になるものだよ」

「亡くなった方がかなりのお歳ということは、それだけ長い間ジューネ族をまとめて来たということですもんね……」

「ジューネ族の人たちも心中穏《おだ》やかではないはず。そういう動揺は緊急時に判断の遅れとして出て来る……。だから、いつも通り自分の身は自分で守ることを忘れないでね。そうでなくても山って本当に危険な場所だから」

「はい、心に刻《きざ》んでおきます。それにしても、ジューネ族ってどんな人たちなんですかね？　本には『氷のように冷たい人々』とか『雪のように白い髪と肌を持つ』とか書かれてましたけど」

「まあ、あまり愛想《あいそ》が良くないって話は聞くね。でも、外から嫁《よめ》や婿《むこ》を迎え入れたり、自分たちが作った魔法道具を王都に売り込みに来たりと、完全に排他的《はいたてき》ってわけではないみたい」

「へぇ、魔法道具を……。でも、魔法道具って高度な魔法技術と最新の設備がなきゃ作れないって聞いたことが……」

読んだ本の中にジューネ族の暮らしを描いたスケッチがあったけれど、彼らの住む場所は極寒のヒーメル山のふもとで、住居も大きなテントのようなものだった。

高度な魔法技術があったとしても、最新の設備があるとは思えない……。

「彼らがどんな方法で魔法道具を作っているのかはわからない。でも、少なくとも彼らの作る魔法道具の質は高い。それこそ、王都で作られているものよりも……」

キルトさんはポケットから短くて白い筒《つつ》を取り出した。

両端が握った手から少しはみ出るくらいの長さで、表面には金色の装飾が施《ほどこ》されている。

「これ、何だと思う？」

「うーん……武器には小さ過ぎるし、何かの容器ってわけでもなさそうですね」

「正解はマギライトだよ。魔力を持つ者が触れた状態でスイッチを入れると……」

キルトさんが筒の先端を壁の方に向ける。すると、強烈な光でギルドの壁が照らし出された！

魔力を光に変換する魔法道具の存在は知っていたけれど、こんなに小型じゃないし、こんなに光は強くない……！

「これがジューネ族の驚異の技術力だよ。このマギライトがあれば夜の闇も切り裂くことが出来る。まあ、照らせる距離は長くても範囲は狭《せま》めだから、過信するのは良くないけどね」

「おぉ……すごいですね！」

「これ、ユートくんにあげるよ」

「えっ、いいんですか⁉」

「私はもう1本持ってるし、山を登るなら絶対に持っておいて損はないよ。でも、このマギライトを頼りに夜の登山をするのはやめなさい。レースとはいえ夜間の移動はリスクが大き過ぎる。これはあくまでも緊急時用ってことね」

「了解しました。ありがとうございます！」

白いマギライトを荷物に加え、俺の準備は着々と進んだ。

そして……王都を出発する日が来た。

「忘れ物はない？　レース開始前ならキルトさんが走って届けてくれると思うけど、レースが始まったらもう外部からの手助けは受けられないから注意するのよ」

「ありがとうございます、シウルさん」

「あと、危ないことはしないって私と約束しなさい」

「はい、約束します」

「なら、準備は完了！」

シウルさんと一緒に荷物を確認した後、北へ向かうため馬車乗り場に向かう。

キルトさんとシウルさん、それにリンダまで見送りに来てくれた。

「トカゲさん、寒いの平気なの？」

「クゥ！」

「すごいね！　私は寒いの大嫌い！」

今日のロックは少しそわそわしているかも。

今回は日帰りの冒険ではないからな。ロックにとっては初めての遠征《えんせい》になる。

でも、実を言うと俺もそわそわしている……。

『黒の雷霆』時代に何度も遠征は経験しているけれど、あの時と違って俺には帰るべき場所があるからな。

ホームシックにかからないよう気を強く持たなくては！

「行ってらっしゃい、ユートくん、ロックちゃん。無事に帰って来てくれたら、それだけで私は大喜びさ。何度も言うけど無茶だけはしないように」

「怪我してまで優勝したって私は喜ばないからね！　嫌になったらすぐに帰って来なさいよ！」

「トカゲさんもお兄ちゃんも頑張れー！」

みんなに見送られるって……心強いものだな！

「ありがとう！　みんな、行ってきます！」

「クゥ～!!」

馬車は動き出す。最初に目指すのは王国最北の街『ノーデンズ』だ。

◇　◇　◇

翌日——

「やっぱ……長時間の馬車移動は疲れるなぁ……。それも足の速い馬車となれば乗り心地が……」

王都を出て道中の村で一泊。その後、再び馬車に乗って最北の街ノーデンズに到着……！

ここまで来れば明日の『クライム・オブ・ヒーメル』に遅れることはない。なぜなら、明日はこの街からヒーメル山へ直接向かう馬車が出るからだ。

この街は言わばヒーメル山の玄関口。

ここからは北にそびえる雄大な山の姿を見ることが出来る。

「明日、あの山に登るのか……！」

大きい……あまりにも大きい。

今は雲に隠れて見えないけど、あの頂上にたどり着こうというんだ。

何だか無謀《むぼう》な挑戦に思えてきた……！

「クゥ～！　クゥ！　クゥ！」

俺が山の雄大さに怖気《おじけ》づいていた時、ロックは生まれて初めて見る雪の上を駆け回っていた。

遥か向こうのヒーメル山の雪は溶けているように見えるけれど、それは山頂に生まれた高魔元素の塊「天陽石」のおかげだ。

だから、石の効果が及ばない街にはまだ雪が残っているわけか。

「俺の故郷もたまに雪が降って、それが厚く積もった時の嬉しさといったら……。今のロックと同じくらいはしゃぎまわってたよ！」

「クー！」

でも、歳をとって仕事をするようになると、移動の不便さと寒さが先に気になってしまう。

大人になるって悲しいことだなぁ……。

「クゥ！　クゥ！」

「……そうだな！　少しくらい遊んでいくか！」

「ク～！」

しばらくの間、童心《どうしん》に返ってロックと雪遊びを楽しんだ。

雪玉を作って投げると、ロックは炎を吐いて空中でそれを溶かし、お返しとばかりにしっぽで薙《な》ぎ払《はら》った雪をぶつけて来る。

雪合戦は俺のボロ負けで、服はびしょびしょになってしまった……。

「……ちょっとはしゃぎ過ぎたな」

「クー！」

まあ、ロックが楽しそうで良かった。

それに寒さへの耐性が本物だということもわかったしな。

「宿を確保して体を温めよう。本番を前に風邪《かぜ》を引いたりしたら、みんなに顔向け出来ない！」

ノーデンズは最北の街だからあまり発展していない……ということもない。

むしろ思ったより近代的な街が広がっていて驚いた。

建物はオシャレな石造りで、街の各所には氷細工《こおりざいく》のオブジェがある。

それに魔力を動力にしている街灯もたくさん設置されていて、どんよりとした曇《くも》り空《ぞら》の下でも街は明るい。

名産品は寒さでも完全には凍らない大きな川や湖で獲れた魚、寒さに強い品種の牛からとれるミルクなどなど。

どれも豊富な氷で冷やして鮮度を保ちつつ、各地に出荷もしているらしい。

「レース前のご馳走には困らなそうだな」

「クー！」

宿泊施設も結構種類がある中で俺が選んだのは……街で一番高いホテルだ！

大金を稼いで調子に乗ったわけじゃない。これはキルトさんからのアドバイスなんだ。

安い宿を選ぶと隙間風で寝られたもんじゃないから、ちょっと奮発《ふんぱつ》してでも高いホテルに泊まって十分に体を温めろ……ってね。

しかも、このホテルは建物の中にレストランが入っているから、食事のためにわざわざ寒空の下を出歩く必要がない。

堂々とホテルに入り、フロントで空き部屋を確認する。

フロントの人はすぐに帳簿《ちょうぼ》をチェックし、いくつかの部屋を提示して来た。

「む、むむむ……」

どの部屋も結構な金貨を要求される値段だ。

少し前まで宿に銀貨を使うことすら渋《しぶ》っていた俺が泊まるホテルとは思えない。

でも、エントランスからして綺麗なホテルだし、明日の朝食付きだし、今まで頑張って来たんだし、こういう場所にも泊まってみたいなぁ……。

俺の悩みっぷりはフロントの人に伝わったようで、ある提案を持ち掛けて来た。

「あの……お客様は『クライム・オブ・ヒーメル』の参加者でございますか？」

「はい、そうです」

「でしたら、ライセンスカードを提示していただくと心ばかりの割引がございます！」

「えっ、本当ですか！　これライセンスです！」

冒険者のライセンスカードには新たに『クライム・オブ・ヒーメル』の参加証としての機能が追加されている。

もちろんレースが終わればこの機能は消えるが、優勝すれば代わりに勲章がライセンスカードに追加される。

つまり、優勝者はそれ以降ライセンスカードを提示するたびに、勲章を持っていることをアピール出来てしまうってことだ。

そうなったら、俺ですらちょっと得意げになってしまうだろう。

きっとプライドの高い人たちは、喉《のど》から手が出るほど勲章が欲しいだろうな。

「ほぅ……冒険者歴2年ちょっとでC級！　あ、これは失礼……。でしたら、このロイヤルスイートなどいかがでしょうか？」

フロントの人はワンランク高い部屋を提示して来た！

割引されても、今まで提示されていた部屋の値段を超えている……⁉

C級冒険者という肩書きもそれなりに力を持っていることがよくわかる事件だ。

フロントの人は俺に期待の目を向けている……！

どうする？　借りるか？　流石にこのホテルならどの部屋でも寒さをしのげるだろうけど……見《み》栄《え》を張ってしまうか⁉

「じゃ、じゃあ……このロイヤル……」

「どけっ！　俺が通るぞ！」

突然背後から何者かに押しのけられた！

油断していた俺は危うく倒れかけたが、何とか踏ん張る。

「ラヴランス・ズール、C級冒険者だ。ロイヤルスイートと適当な部屋を2つ借りるぞ」

乱暴に冒険者ライセンスカードを投げ、フロントに詰め寄る4人の男女。

ラヴランスという珍《めずら》しい名を持つ青年は灰色の髪をかきながら、早く手続きを済ませろと全身で圧をかける。

「そのぉ……ロイヤルスイートは他のお客様が……」

「どかせ」

「え……」

「入ってる奴がいるならどかせ。予約ならキャンセルしろ。不本意だが、お前は俺が誰だか覚えているだろう？」

「は、はい……ロイヤルスイートとスイート2部屋をご用意させていただきます……」

「それでいい。何も金を払わないと言ってるわけじゃないんだ。ほら、カギをよこせ。部屋は……空いてるんだろ？」

ラヴランスは俺に視線を向ける。

なるほど、俺とフロントの人の会話を聞いたうえでの当てつけってわけか。

言い返すのも癪《しゃく》だ。俺は黙って視線を逸らし、ラヴランスを威嚇《いかく》しているロックをなだめる。

「ふん……。行くぞ、お前たち。まずは荷物を置いて俺の部屋に集合だ」

「「「イエス、ラヴィ」」」

灰色の髪の青年は仲間を引きつれ階段を上って行った。

感じの悪い人に絡まれるのには慣れているが、彼の場合は偶然出会った相手に向ける対抗意識というより、もっと個人的な敵意を感じた。

彼とは初対面のはずだが、「ズール」という家名には聞き覚えがある……。

◇　◇　◇

ラヴランス・ズール――

チェックイン後、彼はすぐにホテルの最上階にあるロイヤルスイートに入った。

街一番のホテルの一番高い部屋というだけあって、広々とした空間の中には豪華な家具や装飾品が揃っている。

しかし、この内装はいささかやり過ぎ感もあり、少々落ち着かない部屋になっている。

ラヴランスが大きな窓から街の景色を眺めていると、部屋のドアが乱暴にノックされた。

「入れ」

「お邪魔しまぁす。おおぅ、やっぱこの部屋ゴテゴテしてますなぁ」

「やっぱ広さと景色だけがウリですねぇ」

入って来たのは、恵まれた体格に対して不釣り合いな童顔を持つ双子の青年たち。

兄弟どちらも芝《しば》のように短く刈《か》り上《あ》げられた深い緑の髪が特徴的で、兄と弟を見分けるには利《き》き手《て》を確認する必要がある。

左利きで武器も左で持ち、戦闘でも左方向を警戒するのが兄のザス・ジアッド。

右利きで武器も右で持ち、戦闘でも右方向を警戒するのが弟のゼス・ジアッド。

彼らはラヴィことラヴランスと同じ冒険者ギルドのメンバーであり家来でもあった。

そして、ラヴランスはかつての上級ギルド『黒の雷霆』に何度も無茶な依頼を持ち掛け、貴重な魔獣の卵を集めようとしていた異常なまでの魔獣コレクター……マクガリン・ズール男爵の息子であった。

「ラヴィ様、前はこの部屋気に入らないって言ってませんでしたっけ？」

ザスの方が視線をきょろきょろと動かしながら問いかける。

「ああ、気に入らないさ。とにかく高く見える部屋にしようと必死なのが透《す》けて見えるからな。引き算を知らない奴はこれだから困る。まあ、景色だけは一級品だが……」

「じゃあ、景色のためだけにこの部屋を割り込んでとったんですかい？」

今度はゼスの方が問いかけ、ラヴランスは小さく笑いながら答える。

「おいおい、人聞きが悪い……。それじゃあ俺がみみっちい奴になってしまう。わざわざ割り込んだのは、前にいたのがあの男だったからだ」

「あー、お知り合いで？」

「前に話したユート・ドライグという冒険者……あれが奴だ」

「お父様がご愛用だったギルドの評判を……！」

「地の底に叩き落としたという男があいつ……!?」

タイミングを合わせたかのように驚くザスとゼス。

だが、2人ともまだ何か納得いってないような表情である。

「ですが、それはラヴィ様にとっては良いことでは？」

「大きな声では言えませんが、ラヴィ様はお父様がお嫌いでいらっしゃる！」

「ああ、いつもなら親父の不幸を喜ぶところだ。あの魔獣狂いのクソ親父め……！　だが、今回ばかりはそうもいかない。いつも使ってるギルドを失ったということは、俺の負担がより増すことになりかねない！」

ラヴランスが怒りをあらわにすると、ザスとゼスは「まあまあ……」となだめる。

「別に『黒の雷霆』自体は解体されてないですよねぇ？」

「上級ではなくなり脱退者は増えたらしいですけど、運営はしてるって話ですよ？」

「ふんっ、貴族ともあろう者が堕《お》ちたギルドを使えるか……だとさ。そんなお前の息子は上級でもないただのギルドでC級冒険者をやってるんだがな！」

ラヴランスの怒りは収まらない。ザスとゼスは「またか……」といった表情だ。

「なぜ男爵家の長男である俺が冒険者などやらされている⁉　これが次男だったら何もおかしくはない！　次男は家を継《つ》げないからな！　だが、長男のうえ俺しか子どもがいないのに、この扱いはおかしいだろ⁉　普通は英才教育を受け、社交界に華々《はなばな》しくデビューし、もう許嫁《いいなずけ》がいてもいいはずなのにぃ……！」

ラヴランスは悲痛に叫ぶ。

だが、そんな彼も父親の前では萎縮《いしゅく》し、逆らえない状態になってしまう。

「魔獣、魔獣、魔獣……！　跡継ぎである俺まで魔獣集めの道具にしようとしているクソ親父！　冒険者として一流になったら家に戻ることを許すと言っていたが、いつが一人前《いちにんまえ》なんだ！　A級だとしたら何十年先だよ……！」

ザスとゼスは怒りが悲しみに切り替わったのを察し、２人でラヴランスの肩に手を置く。

「だから、せめてわかりやすい功績を……と思って勲章を取りに来たんじゃないですかい？」

「勲章があればお父様へのアピールにもなるし、冒険者としての信用も上がり、結果として家に戻ることに近づきますって」

「ああ、わかっている……。今年が冒険者になって5年目……最後の挑戦だ。必ず優勝する……というか、すでに優勝は決まっているようなものだったな」

うつむいていたラヴランスは顔を上げてニヤリと笑う。同時に双子はホッとする。

「たとえ家には戻れなくても、ラヴィ様は貴族です」

「その名を使えば、他の冒険者とは違う戦い方も出来る！」

「わかってるじゃないか。ジューネ族もしょせんはこの王国に生きる人間……。根回しのやり方はいくらでもある」

今のラヴランスにとっては、雄大なヒーメル山も簡単なハイキングコースに見える。

「族長が死んだのは俺にとって幸運だった……。分裂しつつあるジューネ族をギリギリのところでまとめていたのがあいつだったからな。それに比べれば息子はまだまだ甘いところがある。ジューネの技術を世界に広め、王国の中に居場所を作ろうという改革派を抑えられはせんよ」

「秘境に住む部族も案外一枚岩《いちまいいわ》というわけじゃないですからね」

「特に魔法道具を外へ売りに行かされてる奴らは、それだけ外の世界への憧れも強い！」

双子の言葉がラヴランスの気持ちを盛り上げていく。

ラヴランスの顔が親子関係に悩む青年から、野心家のものへと変わっていく……。

「出稼ぎに来たジューネ族と接触し、長い時間をかけて懐柔《かいじゅう》し、俺の貴族という立場を利用して魔法道具の販路を拡大してやると約束した……。ふふっ、貴族と言っても下《した》っ端《ぱ》の男爵の息子にそんな力はないんだがなぁ。世間知らずはこれだから困る」

「でも、おかげで神聖《しんせい》な山で不正を行うことを約束させられた！」

「ジューネ族だけが知る山頂までの登山ルートを案内してくれる！」

「そう、つまり明日はガイド付きの登山というわけだ」

ラヴランスは今年『クライム・オブ・ヒーメル』に5度目の挑戦となる。

冒険者になって1年目から挑み続け、そのたびに山に拒絶《きょぜつ》されるように敗北してきた。

今年こそは勝つ。そのために山に住まうジューネ族の改革派と手を結んだ。ジューネ族は今、秘境の民として現状を維持しようという勢力と、外の世界と積極的に関わろうとする勢力に分かれて揺れているのだ。

しかし、彼らに対する見返りを提供する力がラヴランスにはない。

だが……それの見返りをうやむやにする作戦があった。

それは、手に入れた天陽石を王に献上する際、ジューネ族の反乱計画をでっち上げて報告するというものだった。

実際、ジューネ族の中には過去の戦いの記憶を継承《けいしょう》し、王国を敵視し続ける勢力もいる。

とはいえ、それを行動に移そうとしている者はいない。

ジューネ族はヒーメル山の管理と魔法技術の提供を条件に、王国から多くの支援を受けているため、それを無下にしようとは思わないのだ。

あくまでも改革派の目的は外の世界にも居場所を作ること……。

ラヴランスはそれを恣意的《しいてき》に曲解《きょっかい》し、王国への反乱だと王に伝える。

これが通ればジューネ族は敵とみなされ、制圧されれば、結果として秘匿《ひとく》されてきた魔法技術のすべてが王国のものとなるだろう。

そして、その魔法技術の管理者は、反乱を事前に見抜いたズール家に任される可能性もある。

そんなことになれば自身の名声は上がり、ズール家にはさらに上の爵位が与えられる。

さらにあわよくば家の実権を父親から奪い取れるかもしれない……。

ラヴランスにとって今回の『クライム・オブ・ヒーメル』はまさに人生を賭けた大博打《おおばくち》だった。

「調子に乗ってるユート・ドライグには悪いが、今年は敗北の味を噛みしめてもらう。親父は卵の取り違えに怒っていたらしいが、ほとぼりが冷めたらまた『黒の雷霆』に依頼を出すつもりだったと思う。これまで『黒の雷霆』は何だかんだ無茶な依頼にも応えて来たようだからな。なのにそれを潰されちゃあ……俺にしわ寄せがくるんだよ……！」

悲痛なようで完全な逆恨みである。

ユートは別に『黒の雷霆』を潰そうとしていたわけではない。降りかかる火の粉を払っていたら、勝手に『黒の雷霆』が堕ちていったのだ。

だが、今のラヴランスに言葉は通じない。

自身のしがらみを消し去るため、彼は悪事に手を染める。

「……それでバラカの奴は何をしてるんだ？　いくら何でも遅過ぎるだろ」

「どうせまた化粧直《けしょうなお》しですよ」

「うちのパーティの紅一点《こういってん》ですからねぇ。見た目には気を遣ってるんでしょう」

「あの厚化粧の下に一体どんな顔を隠しているんだか……。まあ、野暮《やぼ》なことは言うまい。あいつが来たら明日の流れを再確認するぞ」

「「了解！」」

同じホテルの中で行われる謀略《ぼうりゃく》の話……。当然ユートは知るよしもなかった。

◇　◇　◇

翌日——

高級ホテルのふかふかベッドは、俺の移動の疲れを完全に癒《いや》してくれた。

ホテル内にあるレストランの料理は俺に知らない味を教えてくれた。

まあ、ロックがいたのでレストランの中には入れなかったんだけど、ルームサービスで同じ料理を持って来てくれるのはありがたかった。

おかげで周りを気にせず気楽にディナーを楽しむことが出来た。

そして、朝食も部屋の中で美味しくいただいたところだ！

「よし、朝食もストレッチも荷物の確認も完了だ」

「クー！」

「いくぞ、ヒーメル山！」

ホテルをチェックアウトし、山に向かう馬車の乗り場に向かう。

「うわ……思ったより集まってるなぁ……！」

１００人以上はいるだろうか？

この若い冒険者たちが一斉に山頂を目指して山を登るわけか……。

「挨拶《あいさつ》とかは……いらなそうだな」

世代が近い冒険者の交流の場になるかなと思っていたけれど、どうやらそんな雰囲気はない。

ここにいる全員がライバルなんだと言わんばかりにみんなピリピリしている。

この北の大地の冷たい空気が、より神経《しんけい》を尖《とが》らせるんだ。

まあ、無理に会話する必要がないというのも気楽ではあるんだけど……。

「おい！　あいつが連れてるのって……」

「ドラゴン……！」

「じゃあ、あいつがウワサの竜騎士か？」

「そうは見えないがな……」

……空気がシンとしているので、ひそひそ話がよく聞こえる。

同業者の間では俺もかなりの有名人みたいだ。

「厄介《やっかい》な奴が来たな」

「ただでさえ今年は参加者が多そうなのに……」

「ドラゴンを連れて来るなんて反則だろ……」

「辞退してくんねぇかな……」

……い、居心地が悪い！　まるで歓迎されてない！

何も聞こえていないふりをしながら待つこと数分……。山の方角から馬車がやって来た。

だが、その馬車には馬がいない。なぜか車だけで動いている……!?

集まった冒険者の何人かは目を見開いて驚いているが、大半は平然と馬のない馬車を見ている。

なるほど、リピーターにはお馴染《なじ》みの光景ってわけか……。

「はるばる北の大地へようこそ。私が登山口までの案内を務めさせていただきます」

馬車から降りてきたのは、白いローブを身にまとった妙齢《みょうれい》の女性だった。

彼女は間違いなくジューネ族……。本で読んだ通りの白い髪に白い肌、瞳は薄い水色だ。

ローブの隙間から覗《のぞ》く衣服は妙に薄く、特に腕や脚を覆っているのは、体にぴったり張り付いて肉体のラインを浮かび上がらせるような生地だ。

妙な艶《なま》めかしさを感じるけど、そもそもあんな薄い生地で寒くないんだろうか？

「では、順番に魔動車《まどうしゃ》にお乗りください。後から後から何台も来ますので、焦《あせ》らず譲《ゆず》り合《あ》って乗ってくださいね」

乗ったことがない俺は、他の人が乗る姿を見てから乗り込んだ。

内装は大型の馬車とそんなに変わらない。通路を挟んで左右に2人掛けの席が並んでいる。

俺は窓側に座り、ロックを膝の上に乗せる。

この席なら外の景色を楽しめる……と言っても街と山以外は一面の銀世界だ。

ヒーメル山山頂にある天陽石の力もここまでは及んでいない。

「隣……いいですか……？」

「ええ、どうぞ」

隣に座ったのは明らかに腹痛で苦しんでいる男性だった。

緊張が胃腸にくるタイプ……！　顔色は悪く、脂汗《あぶらあせ》が浮かんでいる。

でも、これぱっかりは他人の俺にはどうしようもない……。何とかスタートまで頑張れ！　始まってしまえば案外痛みを忘れることもある！

妙な緊張感と共に馬車は進み、30分ほどで目的地に到着した。

隣の彼が気になって景色など見られなかったが、かなりスピードが出ていた気がするな。

ジューネ族の魔法技術……確かにすごい！

「あちらのテントで受付を済ませ、開始時刻までここで待機してください」

言われるがまま馬車を降りて大きなテントに入る。

そして、分厚いレンズのメガネをかけた人にライセンスカードを提示する。

「……ユート・ドライグさんと従魔のロックさんですね？　こちらが番号札となります。番号札は競技終了時まで大事に持っていてください」

「この番号札は体の見える場所に取り付けた方が……」

「いえ、持ってさえいれば問題ありません。リュックの中にでもしまっておいてください」

俺とロック、２人分の番号札を受け取り、受付は完了した。

ジューネ族には、あのメガネでライセンスカードを見るだけで、内部に刻み込まれている参加証を読み取る技術があるようだ。

テントの外には受付を待つ冒険者がまだまだいて、すでに受付を終えた冒険者の数もなかなかのものだ。

これだけの人間が一斉に山に入ったら渋滞《じゅうたい》したりしないんだろうか？

特に山頂付近の登山ルートは狭いと聞く……。

まあでも、俺の場合は最後の最後まで他の冒険者と出会うことはないだろう。

超危険だけど、俺とロックなら問題なく使うことが出来る伝説の登山ルートを使うからな！

「……ロック、俺はもうキルトさんとシウルさんがいるギルドが恋《こい》しいよ」

「クゥ！　クゥ！」

「はは、ロックもか？　リンダにも会いたいもんな。だから、早めにケリをつけよう。前回の優勝者は１週間で山頂にアタックをかけたけど……俺たちは５日！　なんなら４日目に山頂に立つ！」

「クー！」

難しいかもしれないけれど、不可能ではない。

なぜなら、かつて４日で登頂を成し遂げた人間が存在したからだ。

その名はクレーゼル・シュゼルグスト――

現在、グランドギルドの責任者グランドマスターを務めている人物だ。

俺とロックはグランドマスター・クレーゼルが開拓《かいたく》し、その後誰も使っていない南壁《なんぺき》ルートからの登頂を目指す！

第3章　クライム・オブ・ヒーメル

「……開始1分前です」

あれから手続きはスムーズに進み、開始30分前にはすべての参加者の手続きが済んだ。

後はみんなスタート前の最後の確認作業、もしくはこれから進む先を静かに見据える。

まず参加者の目の前に立ちはだかるのは、曲がりくねった巨大樹がそびえる樹海。

極寒の地でも元気に生《お》い茂《しげ》ることが出来るのは、この地に流れる高魔元素の影響か……。

この山のふもとに広がる樹海を抜けなければ、神聖なるヒーメル山には触れることすら出来ない。

「開始5秒前……4、3、2、1、0！　レース開始！」

冒険者たちは一斉に動き出す。

全力疾走《しっそう》する者、早歩きで様子を見る者、歩いて体力を温存する者……十人十色《じゅうにんといろ》の登山が始まる中、俺とロックは集団の先頭を全力疾走していた。

「俺が人に自慢出来ることと言えば体力だからな！」

「クー！」

巨大な根がうねる不安定な地面もなんのその。

全身を使って障害物を乗り越え、先へ先へと一番に進む！

「ロック、前方から猿が来る！」

「クゥー！」

樹海に住むヒーメルモンキーは軽快な動きとパワーが厄介で、このレースの中で特に警戒すべき魔獣だが……わざわざ倒す必要はない。

「適当にかわしてすり抜けるぞ！」

「クー！」

回避していれば、魔獣の興味は後ろから走って来る冒険者たちに変わる。

ちょっとダーティーなやり方だけれど、妨害とスピード維持を両立出来る素晴らしい作戦である。

それにこの樹海の中にも潜《ひそ》んでいる……ジューネ族が。レースを監視しつつ、命の危険がある参加者を救助するのが彼らの役目だ。きっと魔獣に襲われた冒険者も助けてくれるだろう。

今はとにかく自分のことだけを考えて山を目指す。

日が落ちるまでに樹海を抜けられれば、かなり良いペースのはずだ。

「流石に他の参加者は見えなくなったな……」

数十分もすればあたりにいるのは俺とロックだけになる。

これは俺たちが相当に速い……だけではない。俺と彼らでは登山ルートが違うんだ。

一般的な登山ルートは、山の東か西から回り込んで登る西稜《せいりょう》および東稜《とうりょう》ルート。回り込む分時間はかかるけれど、実績のある安定したルートだ。

他にも細かなルートはたくさんあって、みな思い思いのルートで山を登る。

でも、南壁ルートを選んだのはおそらく俺だけだろう。

スタート地点からひたすら北へ直進するとぶつかる数々の断崖絶壁……。それを真っすぐに登って山頂を目指そうという無茶な、だけどシンプルなルート。

道を見失うことはないし、ほぼ直線的に山頂を目指すから移動距離自体は短くなる。

でも、落石や吹きつける風の影響をもろに受けてしまうという欠点もある。

登り切ったのはルートの開拓者であるクレーゼルさんのみで、その背中を追おうと挑んだ冒険者の末路《まつろ》は死か大怪我かの二択だ。

でも、俺とロックなら出来る。

落石はロックの炎で砕けるし、ロックは飛ぶことも出来る！

もちろんロックの小さな体ではまだ俺を抱えて自在に飛ぶことは出来ないが、一時的になら、俺の体重を支えて滞空することが出来るのは確認済みだ。

そういうわけで、ロックと俺の体を頑丈《がんじょう》なロープでつないでおけば、万が一滑落《かつらく》してもリカバリーが利く。

真っ逆さまに落下して即死……なんてことはないはずだ。

ちょっとロックに甘え過ぎた作戦だけれど、ロックだって正式な参加者なんだ。

その力をフルに活用することは何も間違いじゃないさ。

「そろそろ目的地が見えてくる頃だな……」

休憩やコンパスの確認を挟みつつひたすら北進《ほくしん》。

起伏の激しい樹海の地面は想像以上の時間を奪う。

だが、俺たちは日が落ちる前に樹海を抜け、1日目の目標地点に到達した！

「あった……！　あれがジューネ族の村だ！」

グランドマスター・クレーゼルさんの本に記されていた通り、その村は高い氷の壁で囲われている。

氷の透明度はとても高くって、壁の内側からでも外の様子を確認出来るようになっているんだ。

そんな氷の内側には大きなテントがたくさんあり、ジューネ族の女性を何人か確認出来る。

男性はレースの管理のために出払っているんだろう。

さて、俺たちはこの村の氷壁の外にテントを張る。

ルール上、彼らの住居を借りて休むわけにはいかないからな。

「明日はひたすら氷壁や岩壁を登って行くことになる。早めにご飯を食べて早めに休もう」

「クー！」

テントを張って樹海で集めた薪《まき》にロックが火をつける。

う～ん、やっぱり焚火《たきび》の温かさと安心感はすごい！

「シウルさんからお茶の葉っぱを貰ってるから一緒に飲もうか」

「ク～！」

近くで見つけた綺麗な状態の雪を鍋に入れて溶かし、出来た水を沸騰《ふっとう》させる。

ロックは道中で仕留めた魔獣を食べているからお腹は空いていないはずだし、食事は俺のことだけを考えればいいな。

「おやおや、お前さんたち……」

顔を上げると、白いローブを身にまとったお婆《ばあ》さんが目の前に立っていた！

「は、はいっ！　何でしょう……？」

服装的にジューネ族の人だ。まさか俺が何かルール違反を……？

「まさか、このジューネフェイスを登ろうとしてるんじゃないだろうねぇ？」

「ジューネ……フェイス？」

「外界《がいかい》を見下ろすヒーメル山脈の顔……お前さんたちが南壁ルートと呼ぶ場所のことだよ」

「あ、ああ……はい。ここを登って山頂を目指すつもりです」

それを聞いたお婆さんの顔にしわが増える。あまり印象は良くなさそうだ……。

「本来、参加者に助言を行うことは禁じられているが……悪いことは言わん、やめておきなされ。

この偉大なる壁は生半可《なまはんか》な覚悟で登れるものではない。勝利に目がくらんだ者は特にな」

「お気遣いありがとうございます。でも、生半可な覚悟じゃありません。ちゃんと調べて、計画を立てて、覚悟した上で俺たちは登るんです」

俺はお守り代わりに持って来たクレーゼルさんの本を手に取った。

結構分厚いし持ち歩くのは合理的ではないけれど……必要な気がしたんだ。

「……なるほどねぇ。あの男の背中を追おうとする奴がまだいたのかい。まあ、参加者の進む道を決める権利は我々にはないよ。せいぜい1つしかない命を無駄にしないことだねぇ」

「ク〜！」

ロックは翼をバサバサと羽ばたかせる。まるで俺がやってやると言わんばかりだ。

「ふっ、なかなか根性があるじゃないか。お前さんたちの戦いは村から見させてもらうよ。怪我をしたら意地を張らずに助けを呼ぶことだ。死んだら何にもなんないよ」

「ありがとうございます。それはわかってるつもりです」

「そうかい。じゃあ、他にも無茶な奴がここに来たら一度引き留めてやってくれ。この壁は竜を連れているか、竜を超えるバケモノじゃないと登れやしないんだからねぇ」

お婆さんはそう言って去った。

ロックを竜と見抜いていたし、クレーゼルさんについても何か知っている感じだったたな……。

まあ、とりあえずルール違反じゃなくて良かった！

ここは登っちゃいけないって言われたら、もう今から他のルートで優勝を目指すのは難しいからなぁ……。

「……あっ！　お湯が沸《わ》いてる！」

沸騰し切った湯でお茶を作り、ちょっと冷ましながら飲む。

あぁ、体が芯《しん》から温まっていくのが実感出来る……！

ゆったりとお茶を飲んだ後は持って来た燻製肉《くんせいにく》やビスケットを食べ、早めにテントに入った。

ジューネ族の村には魔獣が寄って来ないという情報を複数の本から得ているので、夜の襲撃を恐れる必要はないのかもしれないが、やはり野宿となるとなかなか寝付けない。

『黒の雷霆』時代は夜の見張りをやらされることが多かったからなぁ……俺。

仕方ないのでキルトさんから貰ったマギライトを使って、クレーゼルさんの本を読み直す。

ちなみにライトの光の強さは調節出来たりする。

これで寝ているロックを起こすことはないはずだ。

「起床は当然早朝……。２日目の目標はヒーメル山の主峰にたどり着き、全体の３分の１あたりまで登ること……。快晴ならば進むべきルートはよく見える……」

ぼそぼそと独り言を言いながら考えをまとめていく。

そして少し眠たくなってきたかなという時、テントの外から何者かの足音が聞こえて来た。

まどろんでいた思考が一気に冴《さ》える。正体は魔獣か？　人か？

足音はとても小さい。それに二足歩行の音だ。

ジューネ族の誰かがやって来たのか？

いや、他のレース参加者の可能性もある……。

どちらにせよ、一度テントから顔を出して確認すべきだ。

音を立てないようにテントの入口を開け、暗闇の中に目を凝《こ》らす。

すると、数メートル先に光が見えた。

その光はジューネ族の村でも俺のテントでもなく、南壁ルートで最初に登るべき絶壁へと向かっているように見えた。

「こんな夜中に……自殺行為だ」

俺はジューネ族のお婆さんに言われた言葉を思い出す。

他にも無茶な奴がここに来たら一度引き留めてやってくれ……と。

ロックを起こさないようにテントから抜け出し、マギライトを持って光の方へ向かう。

その光の持ち主はすでに岩壁を登り始めているようだ。

「ここで声をかけたら逆に危ないか……」

驚いて足を踏み外したら大変だ。

俺はしばらく岩壁の下で、登って行く光を見守った。

淡い光と共にうごめく影は明らかに人間のもの。しかも、かなり小柄に見える……。

「あぁ……っ‼」

それは突然だった。静かに登っていた光が真っ逆さまに落ちて来たんだ！

「くっ……！」

反射的に駆け出し、落ちて来る人の真下に滑り込み、その体を受け止める！

腕に伝わる重みは想像以上に軽かった。

「君、大丈夫か⁉」

「う、うん……ありがとう……」

無茶な登攀《とうはん》をしていたのは、白い髪に白い肌、薄水色《うすみずいろ》の瞳を持つ少女だった。

白いローブに包まれた体はまだ10代前半に思える。ふと、誰かに似ている気がして見つめてしまう。リンダじゃなくて……いや、それよりも気になるのは――

「君はまさか……ジューネ族？」

それに関しては聞くまでもなくそうだろう。

でも、なぜジューネ族の少女が真夜中に山を登らないといけないのか……これがわからない。

俺は彼女の返事を待った。

しばらくして、その薄い唇《くちびる》から出て来たのは意外な言葉だった。

「出会ったばかりの女の体をいつまで抱いているつもりだ？」

見た目からは想像出来ないぶっきらぼうな口調。そして、俺をにらみつける瞳の威圧感！

「あ、ごめんなさい……」

反射的に少女を地面に下ろすと、彼女はまた岩壁をよじ登り始めた。

「ちょ、ちょっと待って！」

背後から脇のあたりを掴んで抱き上げる。

本当に軽い体だ……。登山装備もほとんど持っていない。

「なぜ邪魔をする⁉」

「夜の山を登るのは危険だよ。それも君みたいな小さな女の子が装備もなしで」

「お前には関係ない！　私も競技の参加者……山への挑み方は自由だ！」

「君が参加者？　でも、君ってジューネ族なんじゃ……？」

「ほれ、この通り番号札はある」

少女が見せたのは確かに受付で貰える番号札だ。

つまり、彼女はジューネ族の冒険者……？

「腹を痛めた冒険者から貰った。あいつは開始寸前で我慢出来なくなったようだ」

「ええっ⁉　番号札の譲渡《じょうと》って普通に不正なんじゃ……。それにわざわざ番号札を貰ったってことは、君って冒険者じゃないよね？」

「ああ、違う。私は生まれてこの方、村とその周辺から出たことがない」

うーん、ますます彼女のことがわからなくなった。

今わかっていることと言えば、魔動車で俺の隣に座っていたあの人がレースに参加出来なかったということだけ……。

「なぜ君は番号札を貰ってレースに参加しようと思ったんだい？」

「話すと長くなる。そんな時間はない」

少女がまたもや壁を登ろうとするので、またまた抱きかかえて地面に下ろす。

「邪魔するな！　卑怯《ひきょう》だぞ！　先に進まれたくないから妨害してるのか⁉」

「死ぬよ。このまま進んだら」

「あう……」

「さっきだって俺が受け止めなかったら大怪我してたかもしれない。君に夜の山を登る能力があるとは思えない。冒険者として、自《みずか》ら死にに行くような人を見過ごすわけにはいかない」

俺の言葉を聞いて少女は押し黙った。さらに出来る限り優しく声をかける。

「少しだけ話を聞かせてくれないかな？」

少女は小さくうなずいた。

体が冷えていることだろう。薪に火をつけて焚火を囲もう。

「ク〜？」

「あ、ロックも起きたか。寝起きで悪いけどお客さんのために火をつけてくれるかい？」

「クー！」

山のふもとの夜は冷える……。

少女はおとなしく焚火の前に座り、手を炎にかざして温めている。

「水筒にお茶が入ってるけど……いるかい？」

「……いる」

水筒を少女に渡すと、ごくごくと飲み始めた。

彼女がお茶を飲んで少し落ち着いたところで、気になっていることを聞く。

「スタート地点から1人でここまで来たのかい？」

「そうだ。他の参加者と同じようにな」

先頭を走っていた俺には、後ろからどんな人たちが来ていたのかわからない。

だが、レースを監視しているジューネ族には、同族かつ同じ村に住む彼女がレースに参加していることはわかったはず……。

なのにジューネ族の人々は彼女を止めなかった。

つまり、このレースへの参加はジューネ族全体の意思が絡んでいるのか……？

「なぜレースに参加しようと思ったの？　誰かにそう言われたとか？」

「言い出したのは私だが、みなが認めた。参加の目的は国王に直談判《じかだんぱん》するためだ」

「じ、直談判……!?」

「ああ、来年以降の登山をやめさせるために」

「登山をやめさせる……。それはつまり『クライム・オブ・ヒーメル』の開催をやめさせたいってことなのかな？」

「そうだ。神聖な山をくだらない遊戯《ゆうぎ》に使われている……それはまだいい。その見返りになるだけの支援を王国から貰っている。だが、参加者の質は年々劣悪《れつあく》になっている。管理者たる我々ジューネ族を召使《めしつか》いか何かだと勘違いしている。未熟な登山者の命を守るのは、容易《たやす》いことではないのに……。こちらにだって毎年怪我人は出るのだぞ」

「確かに何かあればジューネ族が守ってくれるみたいな言葉は、魔動車の中やスタート地点でも聞こえたな……」

「昔は我々も舌を巻くほどの傑物《けつぶつ》だけが山に挑んでいたと聞くがな。ただただ漠然《ばくぜん》と山に登るだけの人間のお守《も》りは、いくら見返りを貰っても不満が溜まる。それに問題は人だけではない。毎年天陽石を持ち帰られることで、この地に流れるマギフルスが乱れることがわかってきたのだ」

「マギフルス……？」

「お前たちが高魔元素と呼ぶものだ。天陽石は高魔元素の塊……。それを人の手で自然の中から取り除き続けたことで、高魔元素の流れは少しずつ乱れている。乱れはよどみを作り出し、魔獣を凶暴化させ、作物や家畜《かちく》にも悪影響を及ぼす。そして、いずれは良からぬものを呼び覚ます……」

「だから、天陽石を持ち帰ることが目的のレースをやめさせたいんだね」

「本当は今年の段階で止めたかったが……我々の中で意見が割れた。お前たちの言うレースを取りやめれば、当然王国からの金銭や物資の提供も打ち切られる。今のジューネ族はもはや自給自足《じきゅうじそく》では生きられない……。王国から貰った金で外の世界のものを買わなければ……」

「でも、天陽石をこれ以上持って行かれると、土地がどんどん悪くなって住めなくなる……」

「自然のまま山に置いておけば天陽石は時間と共に分解され、またマギフルスの流れに戻って行く。きっとそれが自然の循環《じゅんかん》なのだ。自然に逆らうことは出来ない。だが、我々は王国に逆らうことも出来ない。大人たちは現状の維持と改革とで割れた。そして、私に決定権が託《たく》された」

「それはつまり……」

「私が優勝したら直談判。敗北すれば現状維持だ。私自身は改革派だから、本気で優勝を目指している。番号札も辞退者が出なければ、こっそり新しいものを作る予定だった。番号札は、私が他の参加者と同じ地点からスタートしたことを示す証なのだ」

「そんな……大人に出せない答えを子どもに任せて……！」

「仕方ない、私はただの子どもではなく族長の娘……フゥ・ジューネなのだから」

「君が族長の娘……!?」

「ああ、少し前までは族長の孫だったがな」

お爺さんが死んだばかりの子に、部族の命運を背負わせているのか……。

それもまるでどっちに転ぶかわからない、コインの表と裏で決めるようなやり方で！

フゥが岩壁から落ちた時、俺が近くにいなかったらジューネ族の誰かが彼女を助けただろうか？　彼らは本当にフゥのことを考えているのか……？

やっぱりキルトさんが言っていたことは正しかったんだ。

ジューネ族もしょせんは人間……俺たちと変わりはない。

秘境に住む部族という肩書きに、どこか神聖なものを感じていた俺が間違っていた。

彼らもまた一枚岩ではない。それを知ってしまったからには、やることは1つだ。

「これで大体の疑問には答えた。私は先を急がせてもらう」

「ダメだ」

「私が山に挑む理由を知ってもか⁉」

「知ったからこそダメだ。俺は君が1人で山に挑むことを認めない」

「じゃあ、どうしろというのだ！　私には仲間なんていないぞ！」

「俺が君と一緒に山を登る。そして、山頂までたどり着いたら……君に優勝を譲る」

「なっ……⁉　何を言っている！　お前は勲章とやらを貰うためにここまで来たのだろう⁉　命を懸けて山を登っても、天陽石を譲ったら何も貰えないんだぞ！」

「それでいい。君が抱える事情を知った今、俺はこのままじゃ勲章を受け取れない。ジューネ族と王国の友好をアピールするためにある『クライム・オブ・ヒーメル』のせいで、両者の関係に軋轢《あつれき》が生じているような状態じゃ……勲章は意味をなさない。いらないんだ、そんなもの」

「い、いらない……⁉」

「もちろん、問題が解決した後なら欲しいけどね」

フゥはまるでバケモノでも見るような目で俺を見る。

当たり前のことを言ったつもりだったけど、少々セリフが臭《くさ》かったか……？

もちろん、勲章は欲しいさ。仲間に優勝を誓《ちか》ってこの北の大地に来たんだからな。

でも、真実を知ってしまった以上、それを見過ごして手に入れた勲章はやっぱり誇れない。

持っていても思い出すたびに心が痛むだけだ。

「……出発は早朝か？」

フゥが俺の目を真っすぐに見つめて問う。

「ああ、空が白くなってきたら出発だ」

「わかった。お前と一緒に行く」

「うん、それがいいよ！」

素直な子で本当に良かった！

絶対に1人で行くって言い出したら、一晩中彼女を見張らないといけなかった。

「ロック、明日はこの子と一緒に頑張るぞ！」

「クー！」

ロックはフゥの周りをぐるぐる回る。

警戒はしていないが、興味はかなりあるみたいだ。

「な、何だこの生き物……！」

「ドラゴンのロックさ。小さいけど、とんでもなく強いんだ」

「なるほど、これがドラゴンなのか……！」

「クー！」

フゥの方もロックに興味津々だ。

武具職人のコーボさんみたいに魔獣が絶対ダメな人じゃなくて良かった良かった！

「それでお前は何者なのだ？」

「俺はユート・ドライグ。えっと、特に言うこともない普通の人間かな」

「そうか……。お前が国王なら話は早かったのだがな」

「あ、あはは……流石にそれはないかな……。俺は家族も普通の人ばっかりだし……」

まっ、伝説の魔獣ドラゴンを連れてる人なら偉いと思われても仕方ないよな。

俺は平民も平民だが、きっと本物の王様だって話が通じる人のはずだ。

王都に住んでるくせに実は国王の人柄をあまり知らないけど……きっと大丈夫さ。

とにかく、今はレースで優勝することを考えよう。

レースを中止するのではなく、正当な方法で天陽石を手に入れて話し合いに持ち込む。

それが今この瞬間もレースに情熱を燃やしている冒険者たちに対する最低限の義理だ。

◇　◇　◇

翌日、日の出前——

異常に疲れた時は寝坊してしまうが、普段の俺は寝覚めが良い。

今日も空が白くなる前にパッチリと目を覚ました。テントの外に出てうーんと体を伸ばす。

ギルドの自室のベッドに慣れた俺の体に、硬い地面の上のテントは少々しんどい。

でも、体調自体はすこぶる良いかな。

「おはよう。えっと……フゥちゃん」

「フゥでいい。そんな子どもみたいな呼び方はやめろ」

自分が入っていた寝袋を片付けているフゥ。

テントは俺とロック用に小さいものを買ったから、２人で寝るには窮屈《きゅうくつ》なサイズだった。

なのでテントをフゥに譲り、俺は外で寝ると提案したけど……彼女はそれを断った。

自分が持って来た寝袋の方が暖かいし、よく眠れるとのことだ。

俺にはかなり生地が薄くって寒そうな寝袋にしか見えなかったけど、これにもジューネ族の驚異の技術が使われているのかも。

「よく眠れたかい？」

「ああ」

「その寝袋、白くて繭《まゆ》みたいだね」

「実際、これはこの地にのみ生息する蚕《かいこ》の繭から作られたものなのだ。寒さに強く頑丈で汚れにくい。そっちの薄いテントよりは安全だし快適だ」

「そうか……。それは何よりだ！」

彼女たちジューネ族が身につけている白いローブも同じ素材で出来ているんだろうな。

とにかく、無事に夜を乗り越えられたことを喜ぼう。

これからハードに動くので食事は軽めに済ませ、温かい飲み物で体を温める。

テントや道具を片付けたら、目の前の岩壁を登る準備は完了だ。

「いや、最後にやらないといけないことがあるな」

俺はリュックからロープを取り出し、フゥに手渡した。

「これはどういう意味だ？」

「全員の体をこれで結ぶんだ。そしたら誰かが落ちても大丈夫だろ？」

「1人のせいで全員落ちるかもしれないぞ？」

「大丈夫、フゥくらい軽いなら十分支えられるよ」

「お前が落ちたらどうする？　私と小さなドラゴンで支えられるか？」

「それは……ロックが飛べるから大丈夫さ」

「クー！」

ロックは翼をパタパタと羽ばたかせて飛んでみせる。

リンダ誘拐事件以降、地道に訓練を重ねて今では自在に飛べるまでになった。

軽い荷物なら足で掴んで運搬《うんぱん》することも出来る。

「なるほど、これなら大丈夫そうだな。だが、ロープは私のものを使う。我々が山で使うために作ったロープだ。こちらの方が信頼出来る」

「わかった。それでいこう」

フゥのロープでお互いの体を結び、いよいよ山に挑む。

先頭はロックで真ん中が俺、一番後ろがフゥだ。

パーティで参加している場合、全員が山頂にたどり着かなければ登頂成功とは認められない。

だから、ロック1人が飛んで行ってゴールというわけにはいかないんだ。ロックも共に岩壁を登り、落石や滑落の対策を頑張ってもらう。

「油断はしないけど、主峰まではサクサク進みたいものだね」

ヒーメル山は独立峰ではない。その周りにはいくつもの山が密集し山脈を形成している。

その山脈の中で最も高い山が主峰ヒーメル山だ。

ヒーメル山は山脈の中心にあり、周囲を他の山々に囲まれている。

そのため、南壁ルートでも主峰にたどり着くまでには1つの峠《とうげ》を越える必要がある。

山脈の鋭く突き出した部分が「峰《みね》」、その峰と峰をつなぐのが「稜線《りょうせん》」、その稜線の中でも低くへこんだ部分が「鞍部《あんぶ》」だ。この鞍部には山越えの道が通っていることが多く、この道のてっぺんを「峠」と呼ぶ。

状況にもよるが、山脈を越えて奥地へ進みたい時は、一番低い部分である峠を狙うのがベストだ。そう聞くと峠って歩きやすそうに思えるけれど、この南壁ルートで通る峠は傾斜が厳し過ぎて、獣《けもの》のように両手両足をついてよじ登って行くしかない。

これでも主峰の切り立った岩壁に比べれば、緩やかで登りやすい場所というのだから、誰もこのルートを使おうなんて思わないわけだ。

「まさか、もう音《ね》を上げてはいないだろうな？」

黙々と登っていると、たまにフゥが話しかけて来る。

「まさか！　これくらいピクニックみたいなもんさ。フゥこそ大丈夫か？」

「当たり前だ。生まれて12年、この山と共に育ったのだ。外から来たお前と違って、私はこの山の環境に完全に適応している。それに族長の娘として鍛錬も積んで来た。後《おく》れは取らんよ」

昨日落下した原因は気持ちの焦りか、夜ゆえの視界の悪さが祟ったんだろう。

今現在のフゥのクライミングテクニックは手練《てだ》れのそれだ。

それにまだ成長途中の体は、大人よりも軽い。

ひょいひょいと登って来る彼女を見ていると、そのうち追い抜かれそうな気もしてくる。

「ふっ……しんどかったら私が先に登ってお前を引っ張り上げてやろうか？」

「いいや、俺だって体力と筋力には自信がある！」

荷物持ちをやりながら山を登ったこともあるんだ。

それを考えたら、自分の荷物を持つだけで済む今回はとっても楽！

「まあ、お互い無理はせんようにな」

「ああ、意地を張って大怪我なんてもったいないからね」

腰を落ち着けられる平らな場所があればしっかり休憩する。

焦らずとも、予定通りにルートを進むだけで最速になるはずだ。

「今日は風が弱い……。これはかなり運がいいんじゃないかな？」

「油断はするな。もっと上に行けば風は自然と吹いて来る」

フゥと考えを共有しながら、ひたすらに登って行く。

振り返れば、昨日通って来た樹海が遥か下に……。

高いところは苦手ではないが、流石に少し恐ろしくなる。

同時にここまで登って来られた自分を褒めてあげたくもなる。

「……止まれ」

「え？」

「岩が落ちて来るぞ」

フゥの言葉を聞いて、俺は真上を見上げる。

「……何も見えないけど」

「我々にはわかるのだ。わずかな振動……山の震えがな」

「クー！」

ロックも身構える。その数秒後、俺たちの真上にいくつもの岩が転がって来た！

「動くな！　私がやる！」

「いや、ロックに任せ……」

俺が言い終わる前に、落石は何かによってバラバラに砕かれた。

よく見えなかったが、岩に向けて何かが飛んで行ったような……。

「これくらいなら私のマギアガンで砕ける」

フゥの手には持ち手のついた筒のようなものが握られていた。

あの筒の形状……どこかで見たような……。

「魔力を撃ち出す小さな大砲《たいほう》だと思ってくれ。弓矢より手軽で威力がある我々の主力武器だ」

武器……そうか、あれはアルタートゥムで見た魔鋼兵の武器に似ているんだ。

あいつらの手のひらにあった筒も、魔力を撃ち出す小さな大砲のような感じだった。

「脅威は去った。先に進むぞ」

「了解！　ありがとう、フゥ」

「これくらい造作《ぞうさ》もない」

風の影響を受けず、落石も怖くない。

そんな調子の良い俺たちの前に立ちはだかったのは……ツルツルの氷の壁だった。

見た感じ、手や足をかけるところが見つからない……。

「やはり今年は天陽石の力が弱い……。これも高魔元素《マギフルス》の流れが乱れたことが原因だ。おかげで至るところに残雪もある」

キルトさんの話だと綺麗さっぱり溶けているはずの雪が確かに残っている。

それに凍っている岩壁も多くって、そこを避けるように登らないといけないこともあった。

だが、ここまで完全に氷に覆われている場所は初めてだ。

「これはもうロックの炎で溶かしてもらった方が早そうだな……」

ロックの体力を多少消耗するけど、ここを避けて通れる場所を探したり、無理やり氷の壁をよじ登ったりするよりは安全で時間のロスも少ない。

「ロック、氷は結構分厚いし範囲も広いけど……いけそうか？」

「クゥ！　クゥ！」

ロックは力強くうなずき、氷の方に顔を向ける。

「いや、待て。ここも私に任せてもらおうか」

そのロックの前にフゥが立ちはだかる。それも自信満々の表情で……。

「何か策があるのかい？」

「ああ、とっておきがな」

そう言うとフゥは、両脇の下にあるホルスターという入れ物からマギアガンを2丁取り出し、その筒の先端に何らかの装置を取り付け始めた。

「これはワイヤー付きのヒートフックだ。魔力を込めて熱したフックを射出し、氷を溶かしながら中へと食い込ませる。その後、抜けないようにかえしを展開し、過熱をやめて冷却する。これで全体重を預けても問題ないくらいガッチリと固定出来るのだ」

「すごい技術の塊だ……！　これもジューネ族の発明かい？」

「我々の技術を使って私が組み上げたものだ。このヒートフックも、2丁のマギアガンも、私が私のために作った」

「フゥが自分で!?　それはもっとすごいな……！」

「ふふふ、だろう？　すごいだろう？　アタッチメントを取り換えることでいろんな使い方が出来る私専用の武器なのだ」

フゥは得意げにマギアガンを構えると、ワイヤー付きフックを氷壁に撃ち込んだ。

そして、軽くワイヤーを引っ張って食い込みを確かめると、装置に搭載《とうさい》された巻き上げ機構でワイヤーを巻き取りながら氷壁を登って行く。

その後、限界まで巻き上げた後は2つ目のマギアガンを使ってさらに上にフックを撃ち込む。

1つ目のマギアガンのフックを再加熱させ、氷壁から抜き取って先へ進む。

これの繰り返しでフゥは見る間に氷壁の上に到達した。そこには安定した足場があるらしい。

「よし、ロープを垂らすぞ」

フゥが設置してくれたロープを使って俺も氷壁を越える。

ロックも俺に合わせて飛行し、上まで登って来た。あと少しキツい坂を登れば、峠に到達だ。

「ありがとう、フゥ。助けられてばかりだな」

「なに、これくらい礼には及ばない。私はお前に恩があるからな」

「恩……？」

「昨日の夜、山を登ろうとした私を止めてくれたことだ。あの時はいける気がしたが、こうして実際に登ってみるとあまりにも無謀な行いだとわかった」

「わかってくれたならいいさ。それにその分の恩はもう十分に……」

「いいや、そんな簡単に返せるものではない。お前がいなければ、私は死んでいたかもしれないのだ。だから、私からも礼を言わせてほしい……」

顔はこちらに向けつつも、視線を少し逸らしながら、フゥは照れ臭そうに言った。

「ありがとう、ユート」

そう言った後で、やっとフゥと目が合った。

昨日はジューネ族の未来を背負わされて気が立っていただけで、本当はこんなにいい子なんだ。

「どういたしまして、フゥ」

あまり「どういたしまして」という言葉は使わない俺だが、今は彼女の気持ちを正面から受け止めるために使った。

そして、フゥと共に登頂を成功させると改めて心に誓った。

「さあ、もうすぐで峠を越えられる！」

氷壁を突破した俺たちは力を合わせて登攀を続ける。

疲れが出て来てスピードが落ちるどころか、環境に慣れることでスピードは上がった。

険しい地形も協力して乗り越え、ついに俺たちは岩壁を登り切って峠に出た！

「ここからだと主峰のヒーメル山をより近く感じるなぁ……！」

街から山を見るのと、山脈に足を踏み入れた状態で山を見るのとでは違う。

かすんでぼやけた遠くの存在ではなく、今そこに確かに存在しているのを感じる。

「今日中にあの山の真下まで行くのだぞ。ふふっ、私もにわかには信じられん」

峠を越えたら、登りよりは緩やかな下り坂を通って主峰ヒーメル山のふもとを目指す。登りよりはスピードが出るから、今日中に主峰にたどり着くのは無理な時間設定ではない。

でも、確かにあんな大きい山に近づこうなど、そう考えること自体が恐れ多い気がしてくる。

それだけの何かが……あの山にはあるんだ。

「それでも、登らないわけにはいかない。あの頂上に俺たちが求めるものがあるから」

「ふっ……よく言ったユート、それでこそ山の男だ」

「いや、流石にまだ山の男と呼ばれるほど山に登ってないけどね！」

なんて軽口を叩けるくらい打ち解けた俺とフゥは、昼食の準備を始める。

主峰ほど高くなくても山の上なのは間違いないので、足場には細心の注意を払う。

比較的平らで落ち着けそうな場所に腰を下ろし、調理器具と材料を取り出す。

「お腹いっぱいになって昼寝でもしたら、下へ真っ逆さまだな……」

見える景色は非常に美しいが、視線を下に向けると残酷《ざんこく》な想像ばかりしてしまう。

こうなると、少しでも食べる量を減らして身軽でいたくなっちゃうなぁ……。

「昼食は私がご馳走しよう」

「えっ、いいの？」

「簡単なものしか作れないがな」

俺はフゥの提案に甘え、昼食を作ってもらうことにした。

動くからこそ十分に食べておく必要があるとも言えるし、量を控えることしか考えられない俺よりも、フゥが作った方が美味しい料理になりそうだ。

「じゃあ、材料を出すね」

「いや、材料も私が持って来たものを使う。昨日、ユートは私に『装備もなしで』と言ったが、ちゃんと装備はローブの下に背負ったリュックに詰め込んである。まあ、ユートのリュックと比べれば私のリュックは小さいが、それは装備が効率的に小型化されているからなのだ」

フゥはリュックの中から手のひらサイズの金属の円盤《えんばん》と缶詰《かんづめ》を取り出す。

「おぉ……缶詰じゃないか！」

「外の世界では珍しいものなのか？」

「一応出回ってはいるんだけど、結構高価な商品なんだ。保存期間の長さと味の良さを両立した理想的な冒険の食料だからね」

「なるほど、確かに温暖な地域では、まず完璧《かんぺき》に殺菌《さっきん》された中身を缶に詰める作業が難しそうだし、ここのような寒冷地に比べて生産コストがかさむのも当然か。後は単純に、食品加工も金属加工も我々の方が技術的に優れているというのもあるだろう」

「つまり、ジューネ族は比較的安価に缶詰を作れるってことだね」

「そうだ。しかも、美味《うま》い！　外の世界の缶詰の味は知らんがな！」

王都で出回っている缶詰は、前に少しだけ分けてもらったことがあるけれど……味は微妙だった。何というか、長く保存するために作ってますって味だったのを覚えている。

それに比べてジューネ族の缶詰はいかほどか……！

フゥは缶切りで缶詰のふたを開け、先ほど取り出しておいた金属の円盤の上に載せた。

「この円盤は何に使うんだ？」

「これは内部に溜めた魔力を利用して動く加熱器具だ。円盤の上に載せれば、缶詰だろうとフライパンだろうと加熱出来る。使い続けると内部の魔力は失われるが、再充填《さいじゅうてん》も可能なのだ」

「へぇ～、それは便利だ！」

キルトさんの言っていた通り、ジューネ族の魔法道具はすごいなぁ。

どこかにお土産《みやげ》コーナーでもないだろうか？

レースが終わったら、手持ちのお金で足りるかわからないけれど、売ってくれる道具は割と本気で買って帰りたい。

「ちなみに缶詰の中身は何かな？」

「この地域の湖で採れる、マサバスという中型で肉厚の魚を味噌《みそ》で煮たものだ」

「味噌……。確か北の地域ではよく使われる調味料だったかな？」

「うむ。口に合いさえすれば、極論これだけであらゆるものを食べられる最強の調味料だ！」

生まれてこの方ずっと地元で生きて来ただけあって、フゥの地元愛は強いみたいだ。

彼女が温めてくれた缶詰を、火傷《やけど》しないよう手袋をしたまま持って食べる。

「安心しろ、骨はすべて抜いてある。フォークでブスッと刺して、かぶりつけばいい」

言われた通り、切り分けられた魚の身をブスッとフォークで刺し、口へと運ぶ……。

「んっ⁉　あっ、これは……」

最初は身の周りを覆っている味噌の味だけを感じた。

少し塩辛くてビビってしまったが、すぐにコクと甘みを感じて落ち着く。

その後、身を噛んでみるとほんの少しだけ噛み応えを感じた後、柔らかくほぐれていった。

そして、身の淡白《たんぱく》な味わい……。これが濃い目の味噌とよーく合うんだ！

しかも、缶詰なのに新鮮さとジューシーさがある……。これがジューネの技術力！

「美味い！　美味いぞ、フゥ！」

「だろう？　だろう？　そうだろう？」

「クゥ～！　クゥ～！」

ロックもマサバスの味噌煮を食べたそうにしている。

ちょっと身の量がロックには物足りないかもしれないが、残った缶詰の中身を全部あげよう。

「よしよし、ロックもこれは食べるべきだ！」

「ハグ……ハグ……クゥ!?　ク、クゥ～!!」

「おおっ！　ロックの口にも合ったみたいだな！」

口に入れた瞬間驚いて固まり、その後すぐにしっぽと翼をぶんぶん動かし始めた。

これはかなり上機嫌《じょうきげん》な証拠《しょうこ》！　つまり、美味いってことだ！

ドラゴンすら魅了《みりょう》する味噌の味とマサバス……。これもお土産として持ち帰りたいところだ。

「そんなに美味いと言ってくれるのなら、もう1つ温めよう」

「えっ、いいのかい？」

「数には余裕を持たせてある。それに私はもう食べ慣れているからな」

「じゃあ、ありがたくいただきます！」

温めてもらったマサバスの味噌煮を頬張《ほおば》る。うーん、やっぱり美味い！

これからに備えて食べ物を温存しないといけない状況じゃなかったら、これでお腹いっぱいになるまでご飯を食べたいところだ！

「ユート、鍋を貸してくれ」

「あ、うん」

フゥに鍋を手渡すと、彼女はそこへ水と謎の四角い塊を３つ投入した。

「そのブロックは一体……？」

「これは味噌汁の素《もと》だ。何を食べても味噌の味で悪いが、体は温まるぞ」

「いや、味噌は美味しいからいくらでも食べられるんだけど……」

四角い味噌汁の素は沸騰した水の中でほぐれ、キャベツやコーンが姿を現す。

お湯もどんどん味噌の茶色になっていくし、本当にあのブロックだけで味噌汁が完成した⁉

「原理を口で説明するのは難しいが、要するに味噌と具材を乾燥《かんそう》させて固めてあるのだ。ゆえに湯につけると水分を吸ってほぐれ、新鮮な状態に戻る。軽くて持ち運びに便利なうえに保存も利く。ちなみにブロック１つで１人前だ」

スープとかって１人前だけ作るのが面倒だから、そういう意味でも手軽だ。

ジューネ族の食品加工技術がこれほどまでとは……！

「ほれ、お椀《わん》……はないだろうが、マグカップでも問題はない」

マグカップに入れてもらった熱々の味噌汁を飲む。

う〜む、味噌だけでなく一緒に入っている出汁《だし》の旨味《うまみ》も口いっぱいに広がる。さっきまでカラカラに乾燥して固まっていたはずの具材はシャキシャキで食べ応えがある。

体も温かくなって来て、ここが山の上だということを忘れてしまいそうだ！

「ふふふ……やはり自然の中で飲む味噌汁は最高だ」

「ズズズ……クゥ〜！」

フゥも自分のマグカップに味噌汁を入れ、鍋に残った分はそのままロックが飲む。

味や量は考えず、とにかく最小限の食事で山を登ろうと思っていた俺たちにとって、フゥが作ってくれた料理は予想外の恵《めぐ》みだ。これでまた頑張れる！

「さて、味噌汁を飲みながらこれからのことを考えるとしようか」

フゥはそう切り出し、北に向かって下っていく山肌を指さした。

「登って来た岩壁とは反対側の岩壁を下ることで主峰ヒーメル山に近づける。下りの傾斜は緩く、立ったままでも十分進めるほどだが……今年は残雪が多い。それこそ、ヒーメル山の真下まで雪が残っているように見える」

分厚く積もっているわけではないが、確かにしっかりと雪が残っている。

見た感じカチカチに凍ってはおらず、割とふわふわ雪にも見える。

それでも靴にチェーンを巻いておいた方がいいか……。

「この積雪は幸運だ。スキーを使って一気に滑って行くぞ」

「え……!?　でも、そんな装備は……」

「私の氷魔法で成形する。私はあまり強大な魔法は使えないが、細かい操作は得意でな。ユートの分も作ってやろう」

「いや、スキーとかやったことないんだけど……」

「では、ソリにしておこうか。大丈夫大丈夫、真っすぐ下に滑って行くだけだ」

どうやら、滑ることは確定事項のようだ……。

まあ、スキーを登山や下山に利用する例はあるし、フゥは無茶を言っているわけじゃない。

ただ、俺にソリを乗りこなす力量があるかということで……。

「あ、そういえばフゥってどこでこの南壁ルートのことを知ったの？　ジューネ族にとっては有名なルートだったりするのかな？」

「ふっ、まさかそんなわけあるまい。我々の中でも知る者は一部。かつて1人の男が開拓した命知らずのルートという認識だ。私がこのルートを知ったのは、その男が『クライム・オブ・ヒーメル』について記した本を読んだからだ」

「じゃあ、情報源は俺と一緒なわけだ。ほら、フゥが言ってるのってこの本だろ？」

俺は持って来たクレーゼルさんの本をフゥに見せる。

「ああ、その本だが……わざわざ持って来たのか。荷物が重くなるだろうに」

「いや、お守り代わりっていうか、困った時の助けになるかもしれないだろ？」

「まあ、気持ちはわからんでもない。孤独の中で山に挑む様子が克明《こくめい》に描かれた、読み物としても良く出来ている本だからな。ただ、少々行き過ぎた脚色《きゃくしょく》も目立つ」

「行き過ぎた脚色……？」

「主峰のとある横穴を進むと、そこには高所にもかかわらず暖かなヤギたちの楽園があったとか、山頂付近には過去の山の姿を映す動く壁画《へきが》があったとか、我々も知らぬ突拍子《とっぴょうし》もない話が混じっている。まあ、内容を盛り上げるために誰かに書かされたのだと、私は思っているがな」

「ああ……あったね、そんな話。でも、これだけ雄大でだだっ広い山を見ると、そういう不思議な場所もあるような気がしてくるよ」

「ユートは良い読者だな。まあ、現地に住む私としては思うところがあるが、そういう脚色された部分を省いた純粋な登山記録は信用に値《あたい》する。そのおかげで、この南壁ルートは私たちにも使えるルートになったからな」

「うん、必ず登頂を成功させよう。それも誰よりも早く！」

食事を終えた俺たちは、道具を片付けて荷物を整える。

眼下に広がる雪の斜面をソリで滑って行くのはやはり怖いが、よくよく考えると歩いてゆっくり下って行くのにも相応のリスクはある。

ならば、速い移動手段を選択しよう……。そう覚悟を決め、滑る姿のイメージトレーニングをしていると、この峠につながる稜線上を動く複数の人影が目に入った。

「フゥ、あそこにいるのって別のパーティかな？」

数にして5人といったところか。こちらに近づいて来る。数分もすれば、会話も出来る距離に来るだろう。

フゥは俺と同じ方向を見て「はて？」と首をかしげた。

「こんな場所に来るのは南壁ルートを使う者くらいのはず……。しかし、奴らは主峰に向かって下ることもせず、稜線をただ歩いているように見えるぞ」

「不自然なのはそこだけじゃない。そもそも、あのパーティ……どこから現れたんだ？　食事や会話に集中してたとはいえ、これだけ見通しのいい稜線上を進んでいたなら、どこかで目に留まったはず……。それなのに、いきなりもうこんな近くまで距離を詰められているなんて……」

空を飛んで来たか、瞬間移動でもして来たか？

どれもあり得ない話だが、迫って来る5人への不信感はぬぐえない。

「背後を気にしながら進むのは気が乗らん。いっそ世間話としゃれこもうではないか」

フゥの提案に俺は静かにうなずいた。彼らの正体を見極めた方が、気分的にも楽になる。

そして数分後……5人の顔が認識出来、声も届きそうな距離になった。

そのうち4人は見覚えのある顔ぶれだった。

「ラヴランス・ズールのパーティ……」

街一番の高級ホテルで俺からロイヤルスイートを奪った男たち……。

いや、今となってはそんなに気にしていない。それより見知らぬ5人目の正体の方が重要だった。

「フゥ、あちらの彼はジューネ族じゃないのか？」

白い肌に流れるようなストレートの白い髪、背は高く鼻筋や顎《あご》のラインはシュッとしていて、美男子でありながらどこか中性的な男性……。俺にはジューネ族にしか見えない！

「ああ、ジューネ族だ。それも外の世界に我々の魔法道具や特産品を売りに出る交易隊の隊長、ヴィルケ・グリージョだ」

ラヴランスパーティとジューネ族が共に行動している……⁉

「ふふっ、そういうあなたは我々ジューネ族の未来を背負う族長の娘、フゥ・ジューネ様ではありませんか。こんなところで何をしている……という疑問はお互い様でしょうね」

こちらが相手を認識出来るということは、相手もこちらを認識出来るということだ。

ヴィルケと呼ばれたジューネ族の男は、特に慌てる素振《そぶ》りも見せずに語りかけて来た。俺たちから10メートルほどの距離を保って、彼とラヴランスたちは足を止めた。

ヴィルケさんは明らかに、参加者であるラヴランスたちを先導していた。

それは明確なルール違反だろうに、なぜあんなに落ち着いて……あっ！

そうか、俺もフゥを連れているからルール違反という意味では一緒か……！

「長話をするつもりはない。単刀直入に聞こう。何をしている？」

フゥがズバッと切り込む。ヴィルケさんは苦笑いを浮かべながら答えた。

「フゥ様が首を突っ込むにはまだ早い『大人の事情がある』……というのはどうでしょう？」

「ふんっ、最近私がよく聞く言葉だな」

「少なくとも、私のこの行動がジューネ族の繁栄につながることだけは、このヴィルケ……命に代えても保証致します」

「そういう返事をするなら、同じ言葉を返そう。私もジューネ族の未来のために戦っている最中だとな！」

「フゥ様は相変わらずやんちゃでいらっしゃる。ただ、私としては思い当たる節があります。改革派も、維持派も、どちらもあなたを頼らざるを得ない段階まで来たと……」

「まあ、頼られて当然の立場だからな」

立場的にはフゥの方が偉いとはいえ、大人相手に一歩も引かない姿は尊敬する。

理由はどうあれフゥと協力している以上、俺に彼らを咎《とが》める資格はない。

フゥとヴィルケさんの話の流れ的にも、お互いの目的を伝えぬまま、それぞれ実現を目指すことになりそうだ……と思っていた。

そこに口を挟んで来たのは、灰色の髪の男……ラヴランス・ズールだった。

「おい、ヴィルケ！　そのガキが族長の娘だって？　ここで見逃したら俺たちの目的の邪魔になるんじゃないのか？　それにそっちの男はユート・ドライグといって、外の世界じゃ『竜騎士』なんていう大層な二つ名で呼ばれてる冒険者だ」

「ほう、竜騎士……ですか。その由来は？」

ヴィルケさんが俺に興味を示す。いや、彼が見ているのは俺というよりはロックの方か。

「ユート・ドライグの横にいるそのチビが本物のドラゴンって話だ」

「……なるほど、確かにドラゴンっぽいですね。ただ、想像よりかわいい生き物です」

ヴィルケさんが微笑む。しかし、ラヴランスの方は不満顔だ。

「俺が言いたいのはそういうことじゃない！　こいつらは全員まとめて、俺の『クライム・オブ・ヒーメル』優勝の邪魔になりそうってことだ！」

「とはいえ、妨害はルール違反ですから」

ヴィルケさんはそう言った後、にこやかに言葉を付け足した。

「まあでも、今ここでルールに違反したとして、それを報告する者はいないんですけどね。我々以外、誰も見てはいませんから」

その言葉の意味を、ここにいる全員が瞬時に察した。

笑顔の裏に隠した彼の真意は読めないが、ヴィルケさんもなかなかに過激派だな……。

「ククク……そうそう、それが聞きたかったんだよ！」

ラヴランスパーティの全員が戦闘態勢に入る。

武器を構えていないあたり、魔法主体のパーティか！

「殺したり大怪我を負わせたりする気はない……。ただ、黙って棄権《きけん》してもらう！」

もう戦闘は避けられない雰囲気だが、一応警告はしておこう。

「やめておけ、ラヴィ！　攻撃されればこちらも反撃する。お前は登山を続けられなくなるぞ！」

「気安くラヴィとか呼んでんじゃねぇ！　灰色の疾風《グレイ・ブラスト》！」

ラヴランスが放ったのは灰が混じった風……!?

灰のおかげで本来見えることのない風の動きが視覚化されているが、灰を扱う魔法自体珍しくって対処法がわからない……って、少し前の俺なら焦っていただろうな。

相変わらず魔法は使えない俺だが、今は竜牙剣がある。この剣は俺の魔力を紅《くれない》のオーラに変えて刃を包み、切れ味を数倍にも撥ね上げてくれる。そしてオーラの扱い方は、訓練を重ねることである程度の結果を出した。

何度も同じ動きを繰り返して頭と体に動作を覚え込ませ、自分で技に名前を付けることで1つの新たな剣術として確立させた。

それは魔法ではなくとも、魔法に比肩《ひけん》する竜の剣術……。

「ロック、フゥ、俺に任せてくれ」

迫り来る灰の風の前に立ち、竜牙剣を抜く！

「竜陣風《りゅうじんぷう》！」

生み出すのは斬撃ではなくオーラの風。

巨大なうちわで扇《あお》ぐように、竜牙剣を大きく横へと薙《な》ぐ！

「な、何だ!?　俺の灰色の疾風《グレイ・ブラスト》が押し戻されて……！」

巻き起こる紅色の風は灰色の風をいとも簡単に押し返し、ラヴランスたちを灰まみれにした。

だが、彼らにそれ以外のダメージはない。

この技はあくまでもオーラの風を起こし、敵を傷つけることなく魔法だけを防ぐものだ。

正直、魔獣を倒すだけなら、今まで通りオーラの刃でぶった斬れば済む場面が多い。

ただ、斬った魔獣を一撃で灰にしてしまったことがあるオーラの刃を、人間に向けることだけは絶対にしたくない！

だから、こういう対人戦を意識した防御重視の技も必要なんだ。

「ぺっ！　ぺっ！　思いっ切り灰が口に入った！」

ラヴランスの悲痛な叫びは仲間たちにも伝染する。

「お、俺たちの連続魔法が一発目で成り立たなくなった！」

「灰をぶっかけて、水をぶっかけて、ベタベタになったところを凍らせる作戦が！」

体格がいい割に声が高くて少年っぽい双子は、膝をついてうなだれる。

「これを破られたら……もう特にやれることがない……」

パーティの紅一点。遠目にも厚化粧が目立っていた女性は、両手で顔を覆うことで何とか顔に灰がかかることを回避していた。

あの状況ですぐさま顔を隠せるなんて、よほど化粧が大事なのかな……。

何だか色々と残念なパーティである。

「……それはそれとして、ヴィルケさんは動かず……か」

本人に聞こえないよう、小声で言う。

戦闘が始まってすぐにラヴランスたちから距離を取り、押し返された灰も届かないような位置で行く末を見守っていた。

今は「あちゃー」といった顔で天を仰《あお》いでいるが、何か行動を起こす気配はない。

とりあえず、ラヴランスたちが攻撃して来たのは事実なので、ここで彼らには脱落してもらう。

「クゥ！　クゥ！　クゥ！　クゥ！」

「あ……ああっ⁉　このチビ野郎！　俺たちのリュックを……！」

ロックが、灰を被って混乱しているラヴランスたちのリュックを爪で切り離し、地面に落ちたそれをポイポイと岩壁の方に落としていく。

落下するように転がっていったリュックを回収するには相当な時間がかかるし、もう背負えないように切られたそれを持って登山を続行するのは不可能に近い。

だからといって、装備なしでの登山は死と同義……。これで彼らは終わりだ。

「ヴィルケよ。お前の目的のために利用した者たちだ。しっかり近くの街まで送り届けてやれ。

我々は先を急ぐ」

フゥがビシッとヴィルケさんを指さして言った。

先導していたラヴランスたちがこの有様だというのに、彼からは焦りすら感じない。

「流石はフゥ様……良い方を見つけてくる。竜を連れた冒険者ともなれば、これくらいの力は持っていて当然というわけですね」

「私の言葉を聞いていたか？」

「あっ、はい。彼らは私が責任を持って送り届けます」

「ならば、よし。ユート、ロック、無駄な時間を食ってしまった。さっさとこの斜面を滑って行くとしよう」

「あ、うん」

ヴィルケさん……最後までよくわからない人だった。

少なくともこの登山レースの最中にはもう関わりたくないものだ。

「さて、気合を入れて造形するとするか」

フゥは自分の両足に着けるスキー板と、両手に持つストックを氷魔法で作り上げる。

「うむうむ、反《そ》りもなく真っすぐで美しい！」

続いて俺の乗るソリの造形に取りかかる。

その間、俺はラヴランスたちを見ていたけれど、まだ自分たちについた灰を除去出来ずにいる。

それどころか、除去に水魔法を使ったせいで、灰が水を含んで粘着《ねんちゃく》し事態は悪化している。

水をぶっかけるとベタベタになるって自分たちで言ってたのに……。

「ユート、ソリが完成したぞ」

「ん……ありがとう、フゥ」

あれでは追って来られないだろう……。そう思ってラヴランスから目を離し、ソリを受け取る。

ソリは1人用で、お尻《しり》の下に敷いて使うタイプのものだ。

氷で出来ているので見た目よりはズシッと重いが、その分強度もありそうだな。

前の方にはソリを操るために必要なロープを通すための穴も開いていて、氷細工とは思えない気の利いた作りになっている。

「目測《もくそく》で作ってみたが、サイズは合っていそうか？」

穴にロープを通し、ソリに乗り込んでみる。同時にロックは俺の肩に乗っかった。

「ああ、ピッタリでいい乗り心地だよ」

「では、出発するとしよう」

フゥは氷のスキー板と靴を氷でくっつけて固定しているようだ。

元々応用が利く属性とはいえ、ここまで氷魔法を操るとは……。

教育や才能だけでなく、フゥは若くして相当な努力を積み重ねて来たんだろうな。

「私が先を滑るから、ユートはその後ろをついて来い。とはいえ、真っすぐ下るだけだがな」

「了解！」

「クゥ！」

フゥが真っ白な雪の斜面に繰り出す。それを追うように俺もソリを滑らせた。

そうだ、ただただフゥを真っすぐに追って行けばいいだけだ。

操縦なんて難しいことは考えず、ひたすらそのまま……ガコンッ！

ソリの底に……何かが当たった！　おそらくは雪の下に隠れていた石だ！

真っすぐに滑っていたソリはバランスを崩し、それを何とか抑えようと俺は体を傾けて重心を動かす……が、極端に動かし過ぎたせいで、今度は反対方向に大きくルートを外れてしまった。

「うわあああああああ………ッ！」

「ユート！　落ち着け！　落ち着いて少しずつ修正するんだ！」

俺の情けない声を聞いたフゥが、滑りながら器用にこちらを振り返る。

まだ完全にルートを外れたわけじゃない……！　少しずつフゥに近づいて行くんだ！

「よし……よし……！　戻って来た……！」

ソリを操るコツがわかって来た。この調子ならもう問題は……。

「……あっ！」

その時、ソリを操るのに夢中になっていた俺は、正面に迫っている岩に気づかなかった。

思いっ切り雪から突き出したそれは、しっかり前を見ていれば見逃すはずはないものだった。

ガッコンッ！　さっきよりも大きな音と共に岩にぶつかったソリは、俺たちを乗せたまま天高く舞い上がった。

この衝突でも砕けないソリは本当にすごいが、流石に空を飛ぶ機能までは付いていない！

「お、落ちる……う？」

俺の体は……空を飛んでいた！　正確には緩やかに下降している！

「ロック……！　ありがとう！　助かったよ！」

「クゥ～！」

ロックが俺のリュックを掴んで翼を広げ、俺をぶら下げたまま空を滑空《かっくう》しているんだ。

俺と荷物の重量を抱えて飛び上がれる時間は短いが、ただゆっくりと下に降りて行く分には、飛ぶほどのパワーは必要ないってわけだな。

それにしても、簡単には千切れないちょっと高品質なリュックに新調しておいて良かった……！

「クックゥ～！」

「ああ、無事に到着だ！」

フゥが待機している場所まで無事に滑空して来ることが出来た。

乗り捨てたソリも運良く近くまで転がって来ていたので、通していたロープを回収しておく。

「すまぬ、ユート。慣れていない者に無茶をさせてしまったな……」

フゥが申し訳なさそうな顔をしていたので、慌ててフォローする。

「いや、あれはちょっと運が悪かっただけさ。それに慣れてないとはいえ前方不注意は俺の責任だからね。結果的に無事ここまで来れたんだから、フゥが気にする必要はないよ」

「そう言ってくれると、私も助かるが……怪我があれば遠慮なく言うのだぞ」

俺は元気さをアピールするため「ああ！」と大きな声で返事をした。

実際、ロックが助けてくれたから俺は無傷だ。

まあ、ソリで滑っている最中はだいぶパニックだったけどね！

「さて、じゃあ次の登攀に備えてまた全員の体をロープで結ぼう」

ロック、俺、フゥの体をジューネ製のロープでしっかりつなぐ。

そして、改めて今から登る主峰ヒーメル山を見上げる。

「……本当にこんなの登り切れるのかな？」

俺の口から無意識に弱気な言葉がこぼれた。

フゥも同じことを思っていたのか、いつものように強気な反論はない。

見上げる主峰は……今日乗り越えて来た山と全然格が違う。

2倍、3倍……いや、それこそ何十倍にも大きく感じる……。

少し前まであった、自分たちが山頂にたどり着いて優勝するビジョンが……今は見えない。

何秒か、何分か……立ち尽くす俺たちを動かしてくれたのはロックだった。

ロックは何も言わず、ただ目の前の岩壁を登り始めたんだ。

先頭はロック、次が俺、最後がフゥ……。この順番は主峰が相手でも変わらない。

「うん、行こう！　ロック、フゥ、必ず登り切るんだ！」

「クゥ！」

「ああ、当然だな！」

『クライム・オブ・ヒーメル』2日目正午過ぎ――

俺たちはルート名にもなった南壁に挑み始めた。


南壁登攀開始から数時間後……天に輝く太陽は傾き始めた。

「ユート、そろそろ落ち着く場所を探さねばな」

「うん、日が暮れてからの崖登りは危険過ぎる……」

登頂はレース開始4日目を予定している。

つまり、今日と明日はこの主峰のどこかで食事を取り、眠ることになる。

一応、人が2人くらい寝転べる場所はちらほら見かける。

だがしかし、そこで眠れるかと言われれば……落っこちるのが怖くて難しい！

そんな中、このルートの開拓者であるクレーゼルさんはどんな場所で眠ったかというと「ヤギたちの楽園で快適に過ごした」だ。

少し要約しているが、本当にそういう描写が結構なページにわたって続いている。

フゥはこの部分を「本を盛り上げるため誰かに書かされた」と言っていたが、俺にはこの部分も他と変わらず、彼が体験したことを書いているように思えた。

だからきっと、ヤギたちの楽園がどこかにあるはず……と、実際に主峰を登り出してからは思えなくなっていた。

だって、ここの環境、とんでもなく厳しいんだもん！　そんなヤギ自体がそもそも……。

「クー！　クー！」

「んっ、どうしたロック？」

ロックが左方向に前足を突き出す。

その方向を見てみると……突き出した岩の上でぐったりしている生き物がいた。

白くてふわふわした体毛の中に混じった青色の毛が特徴的で、頭の角はくるくると巻いている。

印象的にはヤギに近い生き物に思えるが、これは初めて見るな……。

「なんと、ヒーメルヤギの子どもか……。滑落か落石か、不運なものだ……」

「フゥ、ヒーメルヤギって？」

「この切り立った岩肌ばかりの主峰を住処にしている珍しい魔獣だ。魔獣と言っても穏やかな性格で、人間を襲うことはない。それどころか山で怪我をした人間を救ったという逸話《いつわ》がいくつも残っている。我々ジューネ族にとっては神聖な存在だ」

「なるほど……。なら、助けに行こうか」

「いいのか？　ここは突出した岩が多い。上方向ならまだしも、左右への移動は危険と時間のロスが伴《ともな》うぞ」

確かに今登っている場所は魚の背びれみたいに突き出した岩が多くって、横方向への移動を遮る障害物が多い……。

「でも、ジューネ族と仲良くしてる魔獣なんだろ？」

「それはそうだが……」

「俺も冒険者だ。魔獣を狩って生活してる以上、子どもだからといってむやみに魔獣を助けるわけにはいかない。ただ、それが人間に害がない存在というか、助け合う心を持っている生き物なら……俺たち人間が助けないわけにはいかないだろう？」

「……ああ、ユートの言う通りだ」

「それに助けるだけなら、危険も時間のロスも少ない方法を考えてある！　ロック、こっちに来て俺のリュックからポーションを取り出してくれ」

「クー！　……クゥ？」

近寄って来たロックが不思議そうに首をかしげる。

「あ、そうだな。えっと確かポーションは……ビンが割れちゃいけないから奥の方に入れちゃったんだった……」

今回俺が持って来たポーションは、アルタートゥムでの戦いで俺の命を救ってくれた高級ポーションほど高価なものではない。

しかし、そこそこ奮発して中品質のものを買っただけに、無駄にはしまいと大事に扱い過ぎた。

これではロックに取り出すことは出来ない……！

「ロック、私のポーションを持って行け」

下を見ると、フゥがすでにポーションが入った試験管を手に持っていた。

俺はロックの体のロープを外し、自由に飛べるようにした後、フゥのもとに向かわせる。

「ジューネ製のポーションだ。効果は保証する。見た感じヤギは頭部と脚を負傷しているようだから、その部分に中身をかけてやるんだ。無理に飲ませずともそれで効く」

「クゥ！」

前足で上手に試験管を挟んで持ったロックが、ヒーメルヤギの子のもとに飛んで行き、ポーションをゆっくりと傷口にかけた。

すると、ものの数秒でぐったりしていた子ヤギが頭を動かし始め、3分もすれば自分の脚で立ち上がった！

ジューネ製のポーション……その品質は高級ポーションに迫るほどなのか……！

「ロック、よくやった！　ヤギも後は自分の力で動けるはずだ」

子どもとはいえヤギを抱えて山は登れない。自力で群《む》れに帰ってもらわないと。

しかし、ロックと子ヤギは会話をするように鳴き声を上げ、何度かうなずいた後、俺たちから見えない場所に移動してしまった！

「えっ、ま……待つんだロック！」

しばらくしてもロックは戻って来ない……。こちらから追いかけるしかないか！

「焦るな、ユート。どちらも知能が高い魔獣だ。無意味な行動はしない」

「ああ、ゆっくり追いかけよう」

障害物の多い岩肌で左方向へと横移動を繰り返す。

いくつかの突き出した岩をやり過ごした後、ロックの姿を再確認した。

同時に岩肌に開いた横穴も目に入って来た。俺の頭が届きそうな高さで、幅は2メートルくらいだろうか。

「クゥ！」

「まさか……あの子ヤギがここを教えてくれたのか？」

ロックのまさかの行動には驚かされたが、横穴の発見はありがたい。

ここなら一夜を明かすのに十分なスペースがありそうだ。

「中に入ってみよう。マギライトをつけて……と」

横穴は思ったよりも深く、奥までの道は曲がりくねっていた。

これなら寝相が悪くても外に飛び出して落っこちることはない……と思っていると、不意に目の前に明るい空間が現れた。

「こ、これは……」

最初に思い浮かんだ言葉は……「ヤギの楽園」だった。

太陽のように明るく温かな光が高い天井から降り注ぎ、その下には何本かの樹木が生えている。

そして、その樹木の間を何匹ものヤギがウロウロしているんだ。

さっき助けた子ヤギもいて、樹木に生《な》った白い桃のような果実を食べている。

「ここ……山の横穴の中だよな……？」

「う、うむ……そのはずだが……」

フゥも驚いているあたり、ジューネ族にとっても驚くべき光景のようだ。

「あの天井の光……おそらく高魔元素の結晶《けっしょう》で、天陽石に近いものだと思う。純度や密度に差はあるとしても、あの輝きはそれに近い性質だ」

「なるほど、だからここは太陽のような光で満ちているんだ……」

日の光と水、栄養のある土壌《どじょう》があれば植物は育つ。

この穴の中の地面は岩でも土でもない不思議な物質だが、植物が根を張れそうな柔らかさがあるのは確かだった。

山の雪解け水が流れ込んでいる場所があり、水も十分と言える。

まあ、それでもこんな場所に果樹園が出来ているのは驚きでしかないが……。

「あの本に書かれていたヤギの楽園は本当に存在したのだな……」

「まさか、怪我をしているヤギを助けたら案内してもらえるなんて……おとぎ話みたいだ」

ヤギを助けようと思った時、本に書かれた楽園のことなど考えてもいなかった。

だが、この発見は大きい。ここなら十分に体を休めて明日に備えることが出来る！

「メェ～！」

さっき助けた子ヤギがやって来て、俺の脚に頭をすりすりして来る。

子ヤギの後ろには体が大きな大人のヤギ。おそらく、親ヤギがこちらの様子を見守っている。

「親御さんと再会出来て良かったな。今度から山を登る時はもっと気をつけるんだぞ」

「メェ～！」

言葉への反応はロックと似たものを感じる。相当に知能が高いってことだ。

子ヤギは俺の脚から離れると、親ヤギのもとに戻り、嬉しそうに頭をこすりつけた。

それにしても、ここはヤギが多いな！　しかも、どんどん数が増えている気がする！

きっと、俺たちが入って来た穴以外にもここへ通じる道があるんだ。

ヒーメルヤギたちはそれを知っていて、日常的にここを利用している。

「クゥクゥクゥ……クゥ～！」

ロックは木に生っている白い桃を採ってかぶりついた。

相当美味しいのか、しっぽと翼をバタバタ動かしている。

「ユート、そなたも食べてみるといい」

フゥももぎ取った桃を、岩壁から流れ出る雪解け水で洗って食べている。

「じゃあ、俺も1ついただこうかな」

「皮ごといけるぞ。これは白々桃《はくはくとう》といって、今の我々でも安定して栽培《さいばい》出来ない幻の果実だ。まさか、こんなところで味わえるとは……」

ここの果樹園は明らかに自然に出来上がったものじゃない。

でも、今現在誰かの手によって手入れされている形跡もない。

一体、どういう経緯でここに様々な木々が生えたんだろう……。

まあ、それはそれとして俺は白々桃にかぶりついた。

「ん……っ!? うまっ、美味い！ 美味過ぎる……っ！ 今まで食べたどの桃より!!」

瑞々《みずみず》しさが段違いだ！ すっごく甘いんだけどベタベタしない！

これを1つ食べるだけで十分な水分を補給しているような……それほどまでにフレッシュ！

たくさん食べたいという想いと、これだけで満足という想いがぶつかる……！

この衝撃の果実を王都で待っているみんなに持って帰りたい！

「ふふふ……ユートにもこの桃の旨味がわかるようだな。私も生まれてから数えるほどしか口にしたことがない貴重な桃をもっと味わいたいが、それ以上になぜこんなところに白々桃の木が生えているのかが気になって仕方ない」

「白々桃以外の果実が生っている木もいくつかあるし、自然とこんな場所が完成するとは思えないよね……」

「ああ、今のジューネ族の栽培能力でも、ここまでコンパクトかつ効率の良い果樹園は作ることが出来ない。まあ、自然が人間の想像を超越したというパターンもなくはないがな」

確かに俺はこの山の自然も環境もまだ全然知らないからな。

こんなことはあり得ないと断言するには少々知識不足か……。

「……とりあえず、俺たちが少し果実を分けてもらってもなくなることはなさそうだから、今日はここを寝床にしてフルーツで栄養補給。そして、明日に備えようじゃないか」

「そうだな、ここは天井からの光のおかげで暖かいし滑落の心配もない。新鮮な雪解け水も手に入るし、キャンプ地には持って来いだ」

険しい岩壁だけだと思っていた主峰の中に隠された、ヤギたちの楽園……。

南壁ルートの開拓者クレーゼルさんもここにたどり着いたのだろう。

ということは、彼の本に記されていた「過去の山の姿を映す動く壁画」が実在する可能性も高いということだ。

しかしながら、ヤギたちの楽園に比べてこちらはあまりイメージが湧かない。

山の過去の姿といったって、山ってそんなに姿が変わるものだろうか？

変わったとしても、それは人間が認識できるレベルの違いだろうか？

そもそも壁画が動くとは何だ……？

そう考えると、こちらだけ脚色な気もしてくる。

「ユート、白々林檎《はくはくりんご》もあったぞ。これも皮ごといける」

「ありがとう。いただきまーす！」

……うーん、これも美味い！　皮が薄いだけでなく皮自体にも甘さがあって、普通のリンゴと全然違う！

そして、やっぱり瑞々しい！　これを食べればどれだけ喉が渇《かわ》いていても一気に潤《うるお》うだろうな！

「果物だけでお腹いっぱいになりそうだよ……！」

「それなら、食料も節約出来そうだな」

安定した地面、快適な温度、豊富な水、十分な食料が揃った理想のキャンプ地。

しかも、内部を照らす天井の光は夜が更《ふ》けると共に暗くなっていく。

これで寝る時も快適だし、なんとも至れり尽くせりな場所だ。

「メエ～……」

「クゥ～……」

ロックと子ヤギはすっかり仲が良くなったようで、寄り添うように寝転がっている。

親ヤギも俺たちを警戒することはなく、何ならそのふわふわの毛で覆われた体を向こうから寄せて来るくらいだ。

ヒーメルヤギの毛は普通のヤギよりもサラサラでストレート。

いくら触っていても飽きない最高の手触りだ！

登山2日目は思わぬ妨害を受けはしたが、ちゃんとクレーゼルさんが記した本の通りのルートを進めている。

この調子で明日中に主峰を8割くらい登り切れれば、明後日《あさって》の山頂アタックが現実味を帯びてくる。それはつまり、クレーゼルさんと同じく4日で登頂を達成出来るということだ。

1日くらい遅れても優勝は固いと思うけど、そんな甘い考えでは2日3日とずるずる遅れていきそうな気がしてならない。

「イメージするのは常に最善のスケジュール……」

ここまで順調にやって来た。これからも順調にやっていける。

上手くいき過ぎだから逆に不安なんて考え方は……俺もよくしてしまうけど、何の得にもならない思考だと思う。

「おやすみ、みんな……」

クレーゼルさんの本を閉じてブランケットにくるまると、手元のマギライトを消して俺は眠りについた。

第4章　太陽は誰の手に

時はユートたちが主峰の真下にたどり着いた頃までさかのぼる――

灰魔法によって自滅し、動けなくなっていたラヴランスたちは、ヴィルケの操る風魔法で水を含んだ灰を乾かし、何とか除去に成功していた。

「くそっ……口にまで灰が……！　おい、ヴィルケ！　なぜお前は戦わなかった！　お前だって俺たちが優勝しなきゃ野望を果たせないんだろうが！」

体のところどころにまだ灰をくっつけたまま、ラヴランスは突っかかる。

それを「まあまあ……」と両手で制しながら、ヴィルケは答える。

「まずは様子を見て相手の実力を測ろうと思っただけですよ。それにあのお方は族長の娘さんで、考え方はこちら側に近い。出来ればあまり嫌われたくないのです」

「だから何だ！　嫌われようが嫌われまいが、俺を優勝させないとジューネ製武器の販路拡大は叶わない！　王国の奴らに、北の山の中に住んでる未開の部族って思われたままでいいのか!?」

「それは困ります。私はジューネ族の地位向上のために戦っているのですから」

ジューネ族は高い魔法技術を持っているとユートが知らなかったように、ヘンゼル王国の国民の中には、ジューネ族を北の端《はし》っこに住む謎の部族だと思っている者も多い。

そのため、村から王国へとジューネ製の道具を売りに行くヴィルケたち交易隊は、毎回奇異の目に晒される。

ジューネ族の本当の姿を王国中に知らしめ、その技術力の高さをアピールし、部族の地位向上を目指す……それがヴィルケの野望だった。

それを叶えるためには、性能の良いジューネ製の道具、とりわけ武器をたくさん売りさばく販路が必要だ。

知る人ぞ知る良品のままでは、現状を打破することは出来ない。

「とりあえず、崖下に落とされた荷物を回収しに行きましょう。あの中には冒険者のライセンスや『クライム・オブ・ヒーメル』への参加を示す番号札も入っているのですから」

「チッ……拾った後に、あいつらに追いつけるってのかよ……！」

意気消沈《いきしょうちん》のラヴランスパーティを連れ、ヴィルケは来た道を引き返す。

その道とは……ジューネ族のみが知る秘密のルート。ヒーメル山脈内部に張り巡らされた人工的な通路のことである。

その通路のすべてが完璧につながっているわけではない。

場所によっては途切れたり、塞《ふさ》がったりしている場所もある。

そのため、時には通路を出て山肌を歩かなければ次の通路に入れないこともある。

彼らがユートたちと出会ってしまったのは、まさにこの外を歩いていた時だった。

なぜ、こんな不便な形で通路が放置されているのか？

通路の続きを作り、塞いでいるものを除去すればいいだけではないか？

それが叶わないのは、この通路を作ったのが現在のジューネ族ではないからだ。

「よし、行きよりはスムーズに戻って来れましたね」

岩壁の真下に姿を現したヴィルケがのんきにつぶやく。対するラヴランスたちはすでにグロッキーだ。

「はぁ……はぁ……。問題は荷物が見つかるかどうかだ……！」

秘密のルートは通常登山に比べて危険が少なく、進む距離も短い。

しかし、巨大な山脈の内部を歩くため、それ相応の時間と体力は消耗する。

ラヴランスたちがすでに諦めムードなのは、また同じルートを戻って山頂を目指すことが億劫《おっくう》になっているからだ。

「この山脈の岩壁は険しい……。荷物はほぼ垂直に落下していくはずです」

ヴィルケは迷うことなく山に沿って歩き、予想通りの位置に転がっていたラヴランスたちのリュックを発見した。

リュックは一度大きく跳ねてそのまま引っかからずに真下に落下したようで、中身はほとんど近場に散らばっていた。

「ライセンスと番号札は……あった！　だが、食料や装備は……ダメだ」

ラヴランスパーティは一様に肩を落とす。

食料は山のふもとに棲む魔獣たちに持ち去られていた。毎年たくさんの人間が食べ物を持って山に入って来ることを知っている彼らは目ざとい。

簡易テントや替えの衣服は食べ物を持ち去る際に邪魔だったのか、破かれ噛まれボロボロになっているものが多かった。

サイズが小さく、魔獣たちにとって不要だったライセンスカードと番号札だけが無事に残っているのは、ある意味必然であった。

「貴重品が残っているだけ幸運ですよ。新しい食料と装備はこっそり私から提供して……」

「それで……あいつらに勝てるのか？　天陽勲章を手に入れられるのか……!?　俺たちが後戻りしている間に、あいつらは先に……それもグランドマスターが切り拓いた南壁ルートを進んでるっていうのに！」

稜線上での戦い……。ラヴランスたちは完敗だった。

もちろん、殺さないように手加減していたが、それはユートたちも同じ……。

お互いに手加減をして、より余裕があったのはユートたちの方だとわからないほど、ラヴランス・ズールという男は馬鹿ではない。

戦闘能力で劣《おと》っているという認識が、そのまま登山能力でも劣っているという認識になり、彼はすっかり戦う気力を失ってしまった。

「クソ……ッ！　俺は勝って親父を見返さないといけないのに……！」

「ラヴランス殿……」

ヴィルケは膝をついて嘆《なげ》くラヴランスをしばらく見つめた後、視線を山の方に戻した。

そして、岩壁に手を付けると「おおっ！」と大きな声を上げた。

「この亀裂《きれつ》……中には……まさか……!?」

岩壁に走る亀裂の中を覗き込み、ぼそぼそと独り言をつぶやき続ける。

それを怪訝《けげん》そうな顔で眺めているラヴランスたちだったが、ヴィルケが懐《ふところ》から黒く四角い物体を取り出したところで問いを投げかける。

「おい……さっきから何やってんだ……？」

「まあ、見ていてください」

ヴィルケは黒く四角い物体を亀裂に挟み込み、その場から素早く離れた。

「お前、まずは説明しろ……！」

「ラヴィ、離れて！」

パーティの紅一点バラカ・ゾーラが、ラヴランスの体を押し倒すようにして岩壁から遠ざける。

次の瞬間、亀裂に挟まれていた物体が爆発を起こした。

「うおおお……ッ⁉」

轟音《ごうおん》――爆風と共に小さな石の破片《はへん》があたりに飛び散る。

状況が呑み込めず、その場から動けないラヴランスたちに対し、当のヴィルケは嬉々《きき》として爆破された岩壁に近づいて行く。

「おお……！　やはり、あの隙間から見えたのは……！」

爆発による土煙が収まり、その中から姿を現したのは……3メートルはある金属製の像だった。

下半身には4本の脚、腕は2本だが手が異常に大きい。頭部は丸く大きな目が1つだけある。

そんな異形《いぎょう》の像を前にして、ヴィルケは喜びを隠せない様子だ。

「お前……今度こそ説明しろ！　それは何なんだよ！」

怒りを隠さないラヴランスの問いに、ヴィルケは笑いながら答えた。

「これは古《いにしえ》よりジューネ族に伝わる伝説の神像ですよ。まさか、こんなところにもあったとは……！　喜んでください、ラヴランス殿。この神像は人間にすさまじい力を授《さず》けてくれるのです」

「す、すさまじい力って……！　あいつに勝てるのか……？」

「ええ、うまく使いこなすことが出来れば竜をも倒せる……これはそういう力です。試してみますか？　もちろん、強制はしませんが」

どこか怪しい……。ラヴランスも心の片隅《かたすみ》でそう感じていた。

しかし、それでも「すさまじい力」という部分に嘘はないようにも思えた。

「……俺はこのまますくすぶっているわけにはいかないんだ。親父の支配から脱却し、ズール家を……男爵の地位を……我がものにしなければ！」

「答えは？」

「イエスだ！　俺に力を与えろ！」

「それでこそ、ラヴランス殿！　では、もっと像の近くへ……」

特異《とくい》な存在感を放つ神像へ、ラヴランスは一歩踏み出した。

◇　◇　◇

『クライム・オブ・ヒーメル』３日目の朝——

俺たちが予定している全４日の行程の中で、おそらく一番キツいのが３日目だ。

３日も動き続ければ疲労がかなり溜まって来るし、この日はまだ頂上にたどり着かない。

体力的に一番しんどいのが４日目だとしても、ゴールが目前に迫れば最後の気力が湧いてくる。

引き返すのは難しく、目指す先はまだ遠い３日目こそ、最も心と体の強さを試されるんだ。

だが、そんな中でこのヤギの楽園を見つけられたのは幸運だった！

ここの環境は平地と大差なく、食べ物も飲み物も心配する必要がない。

睡眠は非常に質が良いものとなり、体に溜まっていた疲労もだいぶ抜けた気がする。

「今日を乗り越えれば、明日には山頂が見えてくる。一歩一歩、確実に歩を進めよう！」

「うむ！」

「クー！」

早朝の内に食事と水分補給を終えた俺たちは、ヤギの楽園の中を探索し、登りやすい場所へと通じる出口がないか探した。

そして、昨日入って来た横穴より少し高いところに出られる道を発見し、そこを通ってヤギの楽園の外へ出た。

昨日ぶりに主峰の岩壁を見上げると、まだまだ先は長いと実感させられる。

でも、昨日のように登ることに怖気づいたりはしない。

もはや逃げ出すのも登るのと同じくらい大変な場所に来たんだからな！

「さて、今日の方針は……ひたすら登ることだな」

フゥが苦笑いしながらつぶやく。

そう、今日は1日かけて岩壁を登り続け……それで終わる。

昨日のように、登った後に斜面を滑り降りるようなことはない。ひたすら登りだ。

そして、日が落ちる前に安全な寝床を確保する。

「メェ〜！」

「あ、お前ったら……こんなところまでついて来ちゃったのか」

昨日助けた子ヤギが俺たちの後を追って横穴の外まで出て来た。

でも、ここから先へ連れて行くわけにはいかない。

「ここから先はもっと危ないから、群れのみんなと一緒にいるんだ。次は怪我したって助けられないかもしれないからね」

「メェ～！」

ロックほど話が通じている感覚はないが、俺の話を聞いた子ヤギは岩壁の真下を覗き込んでブルッと震えた後、1人で穴の奥へ戻って行った。

「とりあえず、危ないことは伝わったかも」

少しだけ待っても子ヤギは戻って来なかったので、俺たちは山頂を目指して登攀を開始した。

それから正午頃までは、何事もなく進むことが出来た。

少し広くて安定した足場を見つけ、しんどくても昼食は取ろうと準備を始めた時……。

ガシンッ、ガシンッ、ガシンッ――と聞き慣れない音が下の方から聞こえた。

「落石かな？　ヤギたちが山を登る音なわけないし……」

「うーむ、私も聞いたことがない妙な響きだ」

「クー？」

俺たちは足場から顔を出し、落ちないように気をつけながら下を覗き込んだ。

基本的に動くものが存在しない主峰の景色の中で、それは激しく動きながら俺たちに迫っていた。

「人でも魔獣でもない……！　あれは……魔鋼兵じゃないか!?」

アルタートゥムの遺跡群に眠っていた機械人形……。それは今よりも魔獣の勢力が強かった古《いにしえ》の時代の人々によって作られた対魔獣用兵器！

一説では、魔鋼兵の仮想敵はドラゴンだったとも言われている……！

それがまさかヒーメル山脈に現れるとは予想外だけれど、可能性としてはゼロじゃないんだ。

アルタートゥム以外にも各地の遺跡群に魔鋼兵は存在する、とキルトさんが前に言っていた。もし近くに遺跡があるなら、このヒーメル山脈に存在したっておかしくはないんだけど……。

「なんか見た目が独特だ……！」

接近してくる魔鋼兵には4本の長い脚がある。まるでタコの触手《しょくしゅ》のように自在にうごめくそれの先端には、猛禽類《もうきんるい》のような鋭い爪がついている。

この爪を岩壁の出っ張りに引っかける、あるいは力任せに食い込ませることで3メートル強はありそうな巨体での山登りを実現させているんだ。

胴体は非常に分厚く、厚みでほとんど立方体の箱のようになっている。中に何か入ってるんじゃないかと思わずにはいられない。

そんな箱のような胴体に、魔鋼兵特有の1つ目を持つ頭部、大きな手が目立つ腕が伸びている。

アルタートゥムで見た魔鋼兵は人の形に近かったけれど、こいつはかなりの異形……。

おそらく山の険しい地形でも動きやすいようにカスタマイズされた機体なんだ。

灰色の装甲《そうこう》もヒーメル山脈の岩の色によく溶け込むカラーリングになっている。

「ユート、あいつのことを知っているのか……？」

フゥが珍しく動揺した声で尋ねて来る。

俺はアルタートゥムの遺跡群での経験を手短に話した。

「なるほど、失われた古代の技術で作られた対魔獣兵器か……。ならば、このヒーメル山脈で出くわしてもおかしくない存在だ」

「まさか、この山にも古代の遺跡が存在するとか？」

「ああ……正しくは、この山脈自体が古代の遺跡群らしいがな」

「この山自体が……!?」

今度は逆に俺が動揺する。こんな広大な山々が遺跡って一体……？

早くその言葉の意味を聞きたいところだが、灰色の魔鋼兵はすぐそこまで迫って来ていた。相手がこちらに狙いを定めている以上、破壊しなければ登攀を続行出来ない。

だがしかし、この狭い足場で魔鋼兵と戦うのは簡単じゃないぞ……。

相手の数は1体でも、機体の保存状態は良さそうだ。錆《さ》びたり剥《は》がれたりしている装甲はない。

俺もロックもこの1週間でだいぶ鍛え込んだ。平地なら負ける気はしないんだが……。

「追いついたぞ……ユート・ドライグゥ！」

「えっ……！」

なぜか魔鋼兵からラヴランス・ズールの声が聞こえて来た！

幻聴《げんちょう》でもなければ、聞き間違いでもない……。確かに彼の声だ。

「まさか、魔鋼兵の中にいるのか⁉　乗れるものなのか、魔鋼兵って⁉」

「魔鋼兵……？　違う違う！　これはジューネ族に伝わる伝説の神像だ！」

「私はあんなもの伝えられておらんぞ！」

混乱する俺とフゥだが、少なくともあの中にラヴランスがいることは間違いなさそうだ……。

「聞きたいことはいろいろあるが……ラヴィ、何をしにここまで来たんだ？」

「この神像の力でお前たちを蹴落《けお》とし、天陽勲章を手に入れるためだ！　あと……気安くラヴィと呼ぶんじゃねぇ！」

灰の魔鋼兵が両手の拳《こぶし》をこちらに突き出す。

魔鋼兵と言えば両手の手のひらから放つ光線が脅威なのだが……拳を開く様子がない。

「えっと……攻撃は……こうだ！」

ラヴランスの声に連動して、魔鋼兵の腕に装着されている四角いコンテナのフタが開く。

その中にあった4つの筒……いや、小さな4つの砲門《ほうもん》が前へとせり出し、こちらに向けられる。

「撃てッ！」

両腕で計8門の砲門が火を噴き、俺たちの真上の岩壁に金属の塊を撃ち込んだ。

攻撃はそれで終わらず、岩壁にめり込んだ塊は次々に爆発を起こす……！

「光線じゃないが、小型の砲弾は撃てるってことか……！」

大型の大砲は王城や砦《とりで》に配備されていると聞くが、ここまでサイズをダウンしながら威力を確保しているのは、やはり古代の超技術と言わざるを得ない。

爆発の影響で岩壁が崩れ、俺たちに落石が降り注ぐ。

「オーラの傘《かさ》を……！」

竜牙剣を鞘《さや》に収めたままオーラを出し、それを頭上に掲《かか》げる。

技と呼べるものではないが、とりあえずこれで落石は防げる。

「チッ！　上にズレたか……。まだ操縦に慣れないが、次は当ててみせる！」

再び魔鋼兵が拳を前に突き出し、その腕に付いた砲門で俺たちに狙いを定める。

「ロック、頭部を狙うんだ！」

「クゥ！」

空を飛んで灰の魔鋼兵に急接近したロックが、その硬くしなやかなしっぽを頭部に当てる！

「ぐおっ!?　し、視界が……！」

揺れる機体では狙いを定められず、２発目はあらぬ方向へと飛んで行った。

無人機ならオーラの斬撃で刻んで落とせばいいが、人が乗っているとなるとそうはいかない。

魔鋼兵と一緒に人をバラバラに斬り刻んで殺すのはごめんだ。

「ラヴィ……いや、ラヴランス！　聞いてくれ！　こんなところで戦ったら死人が出るぞ！」

「そ、それは……俺としても不本意だ！　だから、おとなしく降参しろ！」

魔鋼兵は動きを止めた……。

ラヴランスは『クライム・オブ・ヒーメル』優勝に執着しているようだが、そのために人殺しまで良しとするほど悪い奴ではないみたいだ。

だが、こんな兵器で脅しをかけるのも褒められた行為ではない……。

そもそも、どこからこんなもの持ち出して来たんだ？　偶然見つけて、偶然乗り込めるタイプで、偶然操縦出来て……なんて美味い話があるか？

「どうなんだッ⁉　降参するのか、しないのかッ⁉」

ラヴランスはかなり興奮状態だ……。

俺とロックだけならまだしも、フゥの身の安全を考えれば、ここは一度従ってみるのが……。

「お前のような卑劣《ひれつ》な男になど屈しない！　その機械人形ごと叩き落としてくれるわ！」

あ、フゥもかなり興奮状態だ……！

この山脈に古代の遺跡があることは知っていても、魔鋼兵自体は初めて見るんだ。

弱気になるか、殺気立つか、どちらかになってしまうのも仕方ない。

「このガキ……族長の娘だからって偉そうなこと言いやがって！」

「お前こそ、男爵の息子であることしか誇れるものがないのだろう？」

俺はラヴランスのことをそこまで深く知らないが、このフゥの挑発はグサリと彼の胸に刺さったような気がした。

移動中にラヴランスが男爵の息子であると、フゥに教えたのが仇《あだ》となったか……。

「く……くくっ、ひひ……っ！　殺す……！」

完全にキレてしまったラヴランスに連動して、魔鋼兵の動きも激しさを増す。

まあでも、一番悪いのは卑劣な手段で襲い掛かって来た彼自身だもんな！

「フゥ、俺はあまり動けないし、飛び道具も不得意だ。自分の身は自分で守るから、ロックと一緒に攻撃は任せる！」

「了解した！」

オーラを飛ばして攻撃する技もあるが、威力を出すには剣を大きく振る必要がある。

そのスペースの確保にも苦労するくらい主峰の岩壁は険しい。

「まずはお前からだクソガキ……！」

魔鋼兵の腕の砲門がフゥに向けられる。

「素人が……狙いを定めるのが遅い！」

フゥは岩壁の上を駆け回る。氷魔法で足場を作って……！

登りにくいのならば魔法で足場を作ればいいというのは、誰もが思い付くアイデアだろう。

しかし、フゥはここまでの道中、ほとんどそれをして来なかった。

その理由は、必ず山頂までに力尽きるからだ。

進むたびに魔法で新たな足場を作り、それに命を預けるとなると、魔力や集中力はどんどん削られていく。

それを山頂までの数日間繰り返し続けるのは現実的ではない。

あくまで体1つで山を登り、どうしてもという場合だけ魔法で補助する。

それも楽ではないし、泥臭《どろくさ》い方法ではあるが……結局それしかないんだ。

しかし、今は緊急事態。先のことを考えて魔力の出し惜しみをしている場合ではない。

フゥは氷の足場を駆け回りながら、マギアガンで魔鋼兵の脚を狙う。

だが、放たれた氷の弾丸はカキンカキン——と甲高《かんだか》い音を立てて装甲に弾《はじ》かれた。

「古代の兵器のくせして、なかなか状態が良さそうではないか。とはいえ、甘いところもある！」

フゥは脚の装甲の継《つ》ぎ目《め》や関節部を狙い始めた。

多くの関節をつなぎ合わせることでフレキシブルに可動する脚は、動きを邪魔しないよう装甲に多くの隙間が開いている。

そこへ硬い氷の弾丸をねじ込ませ、関節の動きを阻害しようということか！

「小賢《こざか》しい……！　だが、もらった！」

動きながらマギアガンの狙いを定めるのは難しい……。照準を合わせる間はどうしても動きが鈍くなる。

ラヴランスはそれを見抜き、フゥが撃って来る瞬間に自分も砲弾を撃ち込もうと構える。

怒りに囚《とら》われているようで、案外冷静なところもあるじゃないかラヴィ……。

でも、視野は狭いままのようだな。

「クゥ～！」

しかも、今回お見舞いするのは、アルタートゥムの戦いの後に覚えた爆裂する炎だ！

空を飛び回り魔鋼兵の視界から逃れていたロックが、再び攻撃を仕掛ける。

「クアッ！　クアッ！　クアッ！」

ロックが吐き出した炎が爆《は》ぜ、魔鋼兵の巨体が揺れる。当然、砲門の狙いが定まるはずもない。

その間にもフゥは氷の弾丸をどんどん魔鋼兵の脚に当てていく。

「クソッ！　クソッ！　この神像はドラゴンにも勝てる力じゃなかったのかよ……ッ！」

その認識は間違っていないさ……。

実際、ロックの爆裂する炎でも、完全な状態に近いこの魔鋼兵の装甲は砕けない。アルタートゥムにあった朽ちた魔鋼兵たちならもう簡単に倒せるだろうけれどね。

成体のドラゴンに対抗すべく作られた魔鋼兵は……やっぱり強い。光線を撃って来ないだけ今回の機体は戦いやすいが、それでも一歩間違えれば即死……。

それでも俺たちが戦えるのは、その恐ろしさを経験し学んだからだ。

恐怖の正体を知っていれば、立ち向かうのはグッと簡単になる。

そして、フゥも直接魔鋼兵に触れた経験があるわけじゃないが、ジューネ族の技術を使った武器や道具を使いこなしている。謎だと思っていた彼らの技術は、きっと古代の遺跡から得たものだろう。

同じ力を使っているからこそ、素早く魔鋼兵の弱点を見抜き、戦い方を変えることが出来た。

俺たちが魔鋼兵を倒せるのは、ドラゴンの力だけに頼っているわけじゃないからなんだ。

「そろそろ決めるぞ！」

フゥが岩壁の一部を硬く凍らせ、そこを掴もうとしていた魔鋼兵の脚の爪を弾き返す。

同時にロックが、岩壁を掴んでいる脚の1本に噛みつき、力任せに引き剥がす。

「お、おお……！　おおおおお……ッ!?」

魔鋼兵は2本の脚の支えを失い、まるで万歳《ばんざい》をするかのように後ろへのけ反《ぞ》る。

「よし、そこだな」

俺は竜牙剣の切っ先を、まだ岩壁を掴んでいる2本の脚の内1本に向けた。

「貫《つらぬ》け、竜穿孔《りゅうせんこう》！」

オーラの刃を数メートル先まで真っすぐ伸ばすシンプルな突き技。

攻撃範囲は狭く、刃の幅と同じ数十センチの穴しか開けられない。

しかし、瞬時に伸びる刃は遠くまで届き、奇襲にもピッタリだ。

さらに上手く刺さった後はその刃を左右に振って……穴を広げて斬る！

スッ……と静かに魔鋼兵の脚が切断された。

これであの巨体を支えている脚は1本だけ。つまり、もう支えられない。

「な、何だ……。なんでこうなってるんだ……⁉」

魔鋼兵はひっくり返り、頭部を岩壁に擦り付けながらズルズルと滑り落ちていく。

脚を1本残しておくのは情けだ。流石に全部機能不全にしたら転がりながら落下して、中のラヴランスは目も当てられない状態になるだろう。

1本の脚で岩壁に爪を突き立てながら、機体全体を擦り付けてゆっくり落ちていけ。

「くっ……！　こんなんじゃダメなんだ……！　俺は絶対に勲章を手に入れて……！」

ラヴランスの悲痛な叫びも、魔鋼兵と共に下へと遠ざかっていく……。

彼には彼の事情があるんだろう。でも、こんなやり方では倒すしか選択肢はない。

「フゥ、大丈夫か？」

「ああ……流石に魔力を使い過ぎて、疲れはしたがな……」

いつも強気なフゥも強がらないくらい疲労が表情に表れている。

まずは休憩を……っと、そういえば俺たち、昼食がまだだったな。

腰を下ろして食事を取り、余裕を持って休めば体力と魔力も回復して……。

その時、頭上で「ドカンッ！」と爆発音がした。

反射的に手で頭を守り落石に備えたが、運良く大きな石は落ちて来なかった。

「まさか、まだ魔鋼兵が……！」

いや、違う……。魔鋼兵は遥か下までずり落ちている。

この爆発はさっきの戦闘で撃ち込まれた砲弾が、今頃になって爆発したことによるものだ。

「一体何発撃ち込まれて、何発爆発してないんだ……」

動き回りながらちょくちょく撃ち込まれていた砲弾……。

そのほとんどが俺たちより上の岩壁にめり込んでいる。

大体爆発していたように思えるが、正確な数なんて知りようがない。

無数に開いた穴を全部チェックして、まだ爆発していない砲弾がめり込んでいるか確認するなんて不可能だし、これは弱ったなぁ……。

結論から言えば、俺たちはこの真上へは登って行けない。

左右から大きく回り込んで登るルートを新たに発見しなければ……先に進めないんだ。

しかし、回り込むのにも体力がいるし、今のフゥにそんなことは……。

でも、ここにいたらまた爆発して、今度は大きな石が落ちて来る可能性も……。

「ユート、私のことは気にするな。ここから離れた方が全員の安全につながる」

「フゥ……。わかった、どこかここ以外で安定した足場を見つけよう。ロックはフゥのことをよく見ててほしい。ふらついて落ちそうになったら全力で支えるんだ」

「クゥ！」

ロックはまだまだ元気のようで、首を縦に振って応えた。

ヒーメル山脈もまたアルタートゥムと同様に高魔元素の流れる土地だから、魔獣にとっては過ごしやすい場所なんだろう。

「じゃあ、地形的に右から回り込んで……」

「メェエエッ！」

俺たちが移動しようとすると、目の前にヒーメルヤギが現れた。

下で出会った子ヤギとは違い、低い声で鳴く大人のヤギだ。

「メェエエッ！」

「え、あ……何か俺たちに用でも……？」

「メェッ！」

ヤギは「そうだ」と言わんばかりに鳴き、俺たちを誘導するかのように、少し前に進んでは後ろを振り返る。

「ついて行ってみようではないか。もしかしたら、またヤギの楽園があるのかもしれん」

「そうだな……。行ってみよう」

ヤギの後ろについて行った先で俺たちが見たのは、氷に覆われた横穴だった。

「なるほど、ここの氷を溶かしてほしくて俺たちを呼んだんだな」

「メェッ！」

きっと魔鋼兵との戦いを見て、ロックが炎を使えることを知ったんだろう。

この横穴の中がどうなっているのかはわからないが、とりあえず氷を溶かしてみるか……。

「ロック、お願い出来るか？」

「クー！　クアァァァァァッ！」

ロックの炎の息吹《いぶき》で、横穴を塞いでいた氷は完全に溶けた。

ヤギは「メェエェッ！」と嬉しそうな声を発し、真っ先に穴の中に入って行った。

その様子を見て、俺たちはここにも果樹や湧き水があるんだと思った。

しかし、この横穴の奥に広がっていたのは……小さく区切られた部屋がいくつも並んだ集合住宅のようなスペースだった。俺たちは廊下にいるらしく、視界の端まで扉が並んでいる。

「これは一体……」

天井からは白い光が降り注ぐ。太陽のような温かみを感じたヤギの楽園の光とは違い、冷たい雰囲気を持った無機質《むきしつ》な光だ。

区切られた1つ1つの部屋は狭く、限られた空間の中に出来る限り多くの人を住まわせることが目的の場所のように思える。

中を覗くと、見慣れないデザインの家具や、使い道のわからない小物があたりに散らばっている……。

「ここはおそらく古代の人々の居住区だったのだろう。山の中に隠れ、身を寄せ合って生きていた様がありありと伝わって来る」

「じゃあ、下にあったヤギの楽園は……」

「山の中に隠れながら食料を生産するための場所だな。とにもかくにも、古代の人々は相当に追い詰められていたらしい」

今からでは想像も出来ない時代の痕跡《こんせき》が……ハッキリと残っている。

数百年、あるいは数千年の昔、ここで暮らしていた人たちがいたと思うと、言葉では表せない妙な感覚がザワザワと全身を駆け巡る……。

「まあ、古代の居住区なだけあって寒さは問題なく防げている。ここで少し休憩していこう」

フゥの提案でしばらくここに留まることにした俺たち。

落ち着ける場所を探して通路を歩いていると、他と比べて明らかに広い部屋を見つけた。

そこには長いテーブルが何列も並び、椅子もたくさん並べられている。

「ここなら狭苦しくないし、落ち着けそうだ」

状態の良い椅子を選んでフゥに座るよう促す。そして、俺もその隣の椅子に腰を下ろした。

その瞬間、テーブルに対して正面の壁が白い光を放った！

「なっ……！　これは……ヒーメル山脈の景色か……？」

白い光に色が付き、雄大な山脈の姿が壁に描かれていた。

よく見ると、青い空を流れる雲が動いているように見える……！

「これはまさか、クレーゼルさんの本に記されていた、山の過去の姿を映す動く壁画……？」

確かに壁画は動いているように見えるが、これが過去の山なのかはちょっとわからない。

見た感じ主峰の形は現在と変わってないように思えるし、時代を判断出来るようなものも映り込んでいない……と思った数秒後、壁画は俺たちが言葉を失うものを映し出した。

無数のドラゴンの姿だ――

大きな翼を羽ばたかせて空を舞い、ヒーメル山の周りをぐるぐると旋回《せんかい》している。

ドラゴン以外にも多種多様な魔獣が山へと押し寄せていく。

そして、それに対抗するように山の至るところから現れたのは魔鋼兵。

アルタートゥムの遺跡群で見たタイプや、さっき戦った灰色の魔鋼兵、遠目ではあるが白亜《はくあ》の魔鋼兵も戦いに参加しているように見える……。

この壁画は古代の戦いの記録だ。ドラゴンと魔鋼兵、今ではそう多く見られるものではない存在が、お互いの存亡を懸けて戦っている。

なるほど、これなら確かに過去の山を映していると断言出来るわけだ……！

動く壁画は戦いの結末を映すことなく途中で消えた。後には何の変哲《へんてつ》もない壁が残っただけだ。

「……私はこの山の中に古代の遺物が眠っていると聞かされていたが、それに直接関わることはまだ許されなかった。そんな子ども扱いを不満に思っていたが……これを見ると、大きくなるまで遠ざけたかった大人たちの気持ちもわかる」

フゥは目をつむり、噛みしめるようにつぶやく。

「ああ……。とてもじゃないが、受け止め切れない記憶だ……」

音こそ聞こえなかったが、あの光景には圧倒された。

あの場に俺がいたとしたら、果たして勇敢に戦うことが出来るだろうか……。

グゥウウウウ……ッ！

俺とフゥが鮮烈《せんれつ》な映像に心を奪われている中、ロックの腹が大きく鳴った。

「クゥウゥ……」

「そうだな、ロックもさっきの戦いで頑張ってお腹が空いているもんな！　ご飯にしよう！」

そういえば、いろいろあり過ぎてまだ昼食すら食べていないじゃないか！

そりゃ、ロックだってお腹が減るよなぁ。

俺たちはまた映像が流れることを気にして、広い部屋から離れた。

そして、長さがある分、他の部屋より広く感じる通路に腰を落ち着けた。

正直、あの映像で一番衝撃を受けたのは、ドラゴンが明確に人間の敵だったことだ。

ドラゴンだって魔獣だから、本来はそれが自然なんだろうけれど……ロックというドラゴンの相棒がいる俺にとってはショックな映像だった。

でも、あの映像を見てもいつも通りのロックの姿は、不安な想像をかき消してくれる。

そうさ、あの戦いが人間とドラゴンだから起こったとは限らない。

お互い知能が高い種族……戦うにはそれなりに理由があるはずだ。

ならば、人間とドラゴン……共に生きる理由があれば、手を取り合えるってことでもある。

心配しなくても、ロックは俺の相棒だ。そして、俺もロックの相棒だ。

「よし、景気付けに白米を炊《た》くとするか！」

フゥがリュックから飯盒《はんごう》、生米、水を取り出し、ほかほかのご飯を炊いてくれた。

さらには白米に相性抜群《ばつぐん》の味噌汁を作り、鶏の照り焼きが入った缶詰も開けてくれた。

「さあ、たんと食べるがいい。昨日食料を節約した分、今日は大盤振る舞いだ」

「いただきます！」

「ク〜ッ！」

少し濃い目の味噌汁の塩気が疲れた体に染みわたる……！

甘辛い照り焼きのタレを絡めた鶏肉は、程良い弾力と柔らかさを兼ね備え、白米と一緒に食べるともう言うことなしだ！

心置きなくおかわりできる状況なら、何杯でも白米を平らげていたことだろう！

「白米はいい……。こう、腹にどんと溜まる感じがあるのだ」

「わかるよ、フゥ。白米は、体を動かすための燃料を取り入れた実感が湧いて来る食べ物だ！」

「クー！　クー！」

白米が美味しくて腹持ちも良く、体を動かすのに必要な力をくれる食べ物だということは分かったけれど、同時にその満腹感は強烈な眠気を誘う。

特に疲労の色が濃かったフゥは、食後すぐにうとうとし始めた。

「む、むぅ……。私たちはまだ先に進まねばならぬというのに……！」

言葉とは裏腹に目はとろんとしている。これで険しい岩壁を登るなんて無理だ。

「フゥ、今日はここで一夜を明かそう」

「だが……それでは……！」

「魔鋼兵との戦いは予定をズラすに値するアクシデントさ。それに登頂までにかかる日数が4日から5日になっても優勝は固いよ。これは慢心じゃなくて冷静な分析だ」

たとえ優勝が遠ざかるとしても、満身創痍《まんしんそうい》のフゥに無理をさせる選択肢は採らない。

それで大怪我をしたり、死んじゃったりしたら……何の意味もないんだ。

彼女にもその気持ちは伝わったようで、苦々しい顔をしながらではあるが「うん」とうなずいた。

「今日はここでゆっくり体を休め、また明日の早朝から行動を開始する……」

「ああ、それでいいんだ。今日はもうゆっくりお休みなさい」

フゥは会話を終えてから、ものの数秒で眠りに落ちた。

無理をしたがる性格なのは、この数日の付き合いで十分にわかった。

だからこそ、年上の俺が彼女のブレーキにならないとな。

「ロック、フゥを見ていてあげてくれ。俺はちょっと確認したいことがあるんだ」

「クゥ！」

ロックにフゥを預け、俺はこの居住区の中を探索する。

探しているのは……俺たちをここに導いたヤギだ。

食事前の探索では、あのヤギの姿を見つけられなかった。

相手はそこそこ大きなヤギだ。隠れられる場所はそうそうないし、隠れる意味もないだろう。

なら、一体あのヤギはどこに行ったのか……。

「……やっぱり、上の階層への階段があった」

人間が密集して暮らすなら、横だけでなく上にもスペースを広げたいものだ。

だから、どこかに階段があるんじゃないかって考えたが……予想は当たったな。

見つけた階段をひたすら登り、居住区の最上階を目指す。

そして、5階まで登ったところで階段は途切れていた。

「メェエ～」「メェ、メェ」「メッ！」

5階にはあのヤギと……その仲間たちがいた。

やはり、ここもヤギの楽園のように複数の出入口があるんだ。他のヤギたちはそっちの入口から入り、俺たちと一緒に来たヤギと合流したんだ。

俺は5階も探索し……見つけた、再びヒーメル山の岩壁に出られる場所を。

しかも、その出入口は俺たちが入って来た横穴よりも5階層分高い位置にある。

これなら魔鋼兵が撃ち込んだ不発弾に出くわすこともないし、単純に山頂までの距離を大きく縮めることが出来る！

「これでもうフゥに気を使わせる心配はないな」

安心したら俺も強い眠気に襲われた。

早くロックとフゥのところに戻って、体を休めるとしよう……。

上手くいけば明日にでも山頂にアタックを仕掛ける。

◇ ◇ ◇

「ああ、ここまで落ちて来ていましたか」

一方その頃、ヴィルケたちは主峰の一番下までずり落ちていた灰の魔鋼兵を発見した。

魔鋼兵の中からはラヴランスのすすり泣く声が聞こえて来る。

「出て来てください、ラヴランス殿。その中は窮屈でしょう」

ヴィルケがそう呼びかけると、ラヴランスパーティの仲間たちも口々に声をかける。

「ラヴィ様、出て来てくださいよ！」

「ラヴィ様は十分頑張ったと思います！　生きてるだけで十分です！」

ザスとゼスはありきたりな言葉でラヴランスを励ます。

これは単純にこの2人が言葉をあまり知らないだけで、本当に心からラヴランスのことを心配していた。彼らにとって魔鋼兵は得体の知れない動く神像でしかないからだ。

「ラヴィ……まだ諦めるには早いわ……」

パーティの紅一点バラカも魔鋼兵に呼びかける。

それから数秒の間をおいて、灰の魔鋼兵の背中あたりがパカッと開いた。

「諦めるにはまだ早いだと……？　今更どうやってあいつらに勝つっていうんだ……！」

魔鋼兵の中から這《は》いずるように出て来たのは、泣いて目を腫《は》らしたラヴランス。

あの高さから落ちて来て、目に見えた変化が顔だけというのは相当な運の良さだ。

「この神像……あいつらは魔鋼兵と呼んでいたが……確かに強かった。ほとんど俺の思い通りに動き、積み込まれた兵器も強力……だったのに負けたッ！　あいつは本当に竜騎士なんだ……！」

うつ伏せに倒れ込んで泣くラヴランスの周りを仲間たちが囲んで励ます。

その間にヴィルケは魔鋼兵へ近づき、今度は彼が操縦席に乗り込んだ。

操縦席の中には彼らの言葉で「モニター」と呼ばれる映像を映し出す装置や、操縦する時に握りしめる操縦桿《そうじゅうかん》、複数のスイッチなどが並んでいる。

ヴィルケは複数のスイッチを小気味よく押し込み、モニターに文字列を呼び出す。

「ふむ……素晴らしいじゃないか……。独立した魔力炉《まりょくろ》を持たず、操縦者から魔力を供給するこのタイプは負担が大きいと予想して同胞《どうほう》では試せなかったが……この結果なら、すぐにも導入すべきだな……。四連装炸裂砲《よんれんそうさくれつほう》は不発弾が多い……品質を上げなければ……」

モニターに現れては消える文字列を眺め、ヴィルケはつぶやき続ける。

さらにモニターには、ユートたちと魔鋼兵が戦っている様子を記録した「映像」も映っている。

「相手が悪かった……。初陣《ういじん》なのに彼はよくやっている……。もしかしたら、魔鋼兵を操る才能はあるのかもしれない……。やはり、彼と私は……」

「あの、ヴィルケさん……」

バラカが魔鋼兵の中のヴィルケに声をかける。

そこでヴィルケはハッとして、そそくさと魔鋼兵の中から出て来た。

「私としたことが……これは失敬《しっけい》」

ラヴランスは相変わらず失意のどん底で、ザスとゼスは彼を励まし続けている。

ヴィルケはラヴランスのそばで膝をつき、穏やかな声で語りかけた。

「ラヴランス殿……。あなたは男爵である父親の支配から逃れたい一心で、この『クライム・オブ・ヒーメル』に挑まれたんでしたね。勲章を手に入れれば、父も自分を認めてくれるだろうと……」

この問いに対してラヴランスは無言だったが、構わずヴィルケは話し続ける。

「あなたには私と似たものを感じます。閉塞的《へいそくてき》な環境を変え、自らのあるべき場所を手に入れたいという強い願い……。それは私の抱くジューネ族の地位向上の願いと同じなのです」

「だから……今更何だって……」

「だからこそ、私も覚悟を決めました。もはや手段は選びません。持てる力のすべてを使ってあなたを優勝させ、お互いの夢を掴みに行こうではありませんか！」

ヴィルケはうつ伏せのままのラヴランスに手を差し伸べる。

「く、くくく……これだけやってまだ諦めるなと言うんだな……」

「ええ、希望はまだあります」

「なら、俺を導いてみろ……！」

ラヴランスはすがるようにヴィルケの手を取り、再び立ち上がった。

そして、２人は遥か彼方《かなた》のヒーメル山頂上をにらむように見上げた。

◇　◇　◇

『クライム・オブ・ヒーメル』４日目の早朝――

今日が登頂成功の日になれと願いを込めながら身支度《みじたく》を整え、俺たちは居住区5階にある出入口までやって来た。

そこから見える外の景色は朝焼け、そして……。

「オーロラだ！」

早朝の薄暗い空に光のベールが揺らめいている！

これが寒い地方でだけ見られるという自然現象オーロラ……。

俺の地元や王都では到底見られない光景だ。

「これから気合を入れようって時に、何だか普通に感動しちゃったな……」

「この美しさを生まれて初めて見るのなら、その反応は当然だ」

「クゥ！　クゥ～……！」

ロックも目を見開いてオーロラを眺めている。もちろん、初めて見る光景だろうからなぁ。

翼をパタパタさせて、今にもオーロラを捕まえに空へ飛び出してしまいそうだ。

「……クゥッ！」

だが、ロックは賢い子だ。今やるべきなのは美しい空を眺め続けることじゃなく、この巨大な岩の塊と向き合い、その頂上にたどり着くことだと理解している。

「山の中の居住区を通って5階分の高さを稼げたことは大きい。今日で頂上にたどり着くのも、十分に現実的なラインだ」

「自然を相手にする以上、必ず今日で登り切る……なんてことは言うべきではないのだろうが、私は今日で必ず登り切りたい！」

『クライム・オブ・ヒーメル』で優勝することにより族長である父親に実力を示し、これからの王国とジューネ族の関係について国王に直談判することを進言する。それがフゥの目的だ。

俺も1人の国民として、王国とジューネ族の友好的な関係が続く未来を作りたい。

そして、ここまで命を預け合って山を登って来たフゥの夢を叶えたい。

そのためにも、俺たち全員でたどり着こう……この神聖なる山の頂へ！

「登攀、開始だ！」

もはや多くの言葉はいらない。

お互いの体をロープで結び、岩壁に手足をかけて上へ上へと登って行くだけだ。

この単純な動作を繰り返し続けたことで、俺たちの登攀技術は格段に上がっていた。

最初より険しい場所を登っているのに、そのスピードは確実に速くなっている。

「山の下の方はガスが出ているな……。巻かれると面倒だぞ」

ガスというのは登山用語で霧《きり》のことだ。山の斜面に沿って立ち昇って来る霧に巻かれると、途端に視界が悪くなって動きにくくなる。

「大丈夫さ、フゥ。俺たちの方が先に山頂へたどり着く！」


そして、早朝の登攀開始から数時間――

永遠に続くかと思われた岩壁……その終わりが見えて来た。

もう、あの頂まで1時間とかからない。

「最後まで一歩一歩確実に……！」

その手で掴む突起、その足をかけるくぼみを見つめ続ける。

そうして、最初にこの山を登り切ったのは先頭にいたロックだった。

「ク～～～～～ッ！」

雄叫《おたけ》びを上げ、登頂成功を喜んでいる！

続いて俺もその手で山頂を掴み、一気に体を引き上げた。

「やった……！　これで南壁ルート踏破《とうは》だ……！」

膝をついて天を仰ぐ……。どこまでも深く青い空が広がっていた。

周囲を見渡せば、ヘンゼル王国どころか隣国まで見通すことが出来る。

ここへ実際に来た者しか味わえない特別な景色……。これを言葉で言い表すことは出来ない。クレーゼルさんの本を読んでも、ここまでの感動は味わえなかった……！

だが、今の俺は感動に浸《ひた》っている場合ではない。まだフゥが登っている最中なんだ。

山頂までたどり着いた俺たちは、もう何も心配いらない。

ヒーメル山の山頂は尖った峰ではなく、先端が真っ平らな台地になっている。まるで人工的に切り揃えられたかのようで、その広さは縦横数十メートルを余裕で超える。

この平らで安定した足場に一度立てば、そうそう落ちることはないんだ。

「フゥ、自力で上がって来れそうか？」

俺はまだ岩壁を登っているフゥの方を見る。

彼女は明らかに息が上がっていて、表情も芳《かんば》しくない。

いくら快適な環境で休んでも、数日間山を登り続ける疲労は確実に蓄積《ちくせき》される……。

それが今、一気に噴出したんだ。

「俺とロックでロープを引っ張り上げよう！」

「いや、待て……！　もう少しなのだ……。自力で山頂まで登り切ってみせる……！」

「……わかった！　頑張れ、フゥ！」

「クゥ！」

もはや体力は限界だろう……。それでも、フゥは歯を食いしばって気力で登って来る。

俺たちは何も手を貸さない。本当は助けたいけど……ここは見守るのが仲間だ。

「はぁ……ぐぅ……！　ううぅ……！」

フゥはついに山頂に手をかけ、一気に体を上へと押し上げた。

そのまま勢い良く山頂の台地に転がり込み、ぐでーんと大の字になって寝転んだ。

「これで私も……胸を張って登り切ったと言える……！」

「ああ！　フゥは本当によく頑張ったよ！」

「クゥ〜！」

この小さな体を突き動かす理想と使命感……。年齢など関係なく、俺はフゥを尊敬する。

ジューネ族の未来を考え戦える彼女は、立派な1人の大人なんだ。

俺たちはしばらく地面に寝転がり、体を休めて呼吸を整えた。

この山頂の台地の中央には、オレンジ色に輝く石が置かれた台座がある。

おそらくはあれが天陽石……。あれに触れれば『クライム・オブ・ヒーメル』の優勝者となる。

「落ち着いたら天陽石のもとに行こう。フゥが触れれば、そのまま君が優勝者になれる」

「ふふっ、何を言っているのだ。非公式ではあるが、私たちはパーティだ。あれに私が触れれば、優勝者は私たち全員になる」

「確かにそれもそうか！　じゃあ、みんなで同時に触れよう」

俺たちは立ち上がり、台座の上の天陽石の前に立つ。

人間の俺でもこの石からは強い魔力を感じるし、太陽のような温かみも感じる。

「それじゃあ……1、2の3！」

俺たちは同時に天陽石に触れた。石とは思えない不思議な温もりが手に伝わる。

「これで優勝……だよね？」

触れた瞬間、何かが起こると踏んでいたが……何も起こらない。

フゥがすぐに天陽石から手を離したので、俺とロックもスッと手を引く。

「さあ、これで今回の『クライム・オブ・ヒーメル』の優勝者は私たちだ。そろそろ出て来ても良いのではないか？　我らが族長……父様《とうさま》よ」

その時、一瞬だけ山頂に吹雪《ふぶき》が吹き荒れた。

反射的に目を閉じ、少しして開けると……そこには屈強な体を持つ白い肌の男が立っていた。

「フゥ、どうしてお前がここに！　私は自分の目を疑ったぞ……！」

「私は国王に会うために必要な天陽石を、自分の手で取りに来たのだ。そして、それを今しがた手に入れた。これを持って王城へ向かい、国王にジューネ族の現状を直訴《じきそ》する！」

「なんと……それは改革派の言い分ではないか……！」

「違う、これは私の意志だ！　高魔元素の塊である天陽石を献上品として山から持ち出し続けた結果、高魔元素の流れが乱れて山の環境に著《いちじる》しい変化が表れている。これでは村の同胞たちが安心して暮らせない。だからこそ、族長の娘である私が……！」

「山の至るところで同胞が目を光らせているはず……。なのに誰もフゥの挑戦を止めなかったということは、改革派も維持派もその行動を黙認《もくにん》したということか……！　よくも人の娘を……！」

話が噛み合っていない……。

というか、フゥの父である族長は、フゥの無茶な挑戦を知らなかったようだ。

それはつまり、ジューネ族の大多数が族長の意思を無視して暴走しているということ……。

まだ小さいフゥに危険なルートを登らせ、それが成功するか失敗するかで行く末を決める。

そんな人の命を懸けたコイントスのような真似……どちらに転んでもそのうち族長にバレるとわかっていたはずだ。

そうなれば、両派閥《はばつ》共に族長の怒りを買い、自分たちの理想を叶えにくくなるはず……。

何とも違和感はぬぐえないが、今はとりあえず目の前にいる族長の話を聞こう。

あまり親子の話に割って入るもんじゃないと思うけど、このままじゃ2人は平行線だ。

「あの……ちょっとよろしいでしょうか？」

フゥと族長の噛み合わない会話が止まり、2人がこちらに視線を向ける。

「えっと、俺は王都から来た冒険者の……」

「まさか、君がフゥをそそのかしたのか……!?」

族長は怒りを隠さない。まずは誤解を解かないと……！

「いえ、俺は……」

「ユートは関係ない！　ここには私の意志で来たと言っているだろう！」

「では、なぜ外の世界の冒険者と一緒にいる!?」

「ユートとは偶然出会った。滑落した私を助け、1人で登るのは危ないと言ってくれた。それだけじゃない……！　ジューネ族が抱えている問題と私の挑戦のことを聞いて、一緒に山を登ってくれた！　我々の未来のために優勝も勲章もいらないと言ってくれたんだ！」

「な、なんと……!?」

族長が信じられないものを見るような目で俺を見る。

ここはフゥに任せて、俺は真剣な顔をしておこう……！

「父様もどこからか見ていたのだろう？　自分の力で山を登り切ろうとする私を応援してくれたユートの姿を！　ユートは我々の尊厳《そんげん》や技術を奪おうとする輩《やから》とはまったく違う！　我々の本当の

理解者なんだ！」

「む、むぅ……！」

族長の役目は天陽石の監視および優勝者の決定。

山頂に登って来た俺たちの姿をどこからか見ていないはずがない。

自分で言うと気恥ずかしいけれど、俺たちが登頂を成功させた時の清々《すがすが》しい会話を聞いていたなら、少なくとも悪人ではないと理解してほしいところだ。

族長は1分ほど黙ってじっくり悩んだ後、俺に頭を下げた。

「……失礼した。非礼を詫びたい、ユート殿」

「あっ、いえ、別に俺は気にしてませんよ！　きっと外の世界の人間を警戒する理由が、今のジューネ族にはあるんですよね？」

「恥ずかしながら、その通りだ。まだ確かな証拠を掴んでいるわけではないが……どうも外の世界の人間と結託《けったく》して、我々が保有する技術を流出させようとしている者がいるようでな……」

「技術の流出ですか……。でも、ジューネ族は今も魔法道具を外の世界へ売り出してますよね？その時点で流れていると言えば、流れているのでは？」

「現在販売しているものは、我々が保有する技術のほんの端《はし》くれなのだ。ジューネの技術力の本質は兵器……。強大な兵器を売り込んで金を稼ぎ、外の世界にジューネ族の力を示そうとしている派閥がある。それが改革派……フゥも似たような考えを持っている」

「それは違う！　兵器販売などは改革派の中でも極端な者たちの考えだ。私はただ悪化するばかりの現状を変えたい。友好的な関係ならば当然行われるべき対話を国王と行いたいだけなのだ。話し合ったところで事態が好転する保証はないが、それでも現状維持では何も変わらない」

フゥの言葉に族長はハッとした顔をする。

まるで娘の本当の気持ちを今知ったような表情だった。

「……フゥ、それがお前の考えなんだな」

「ああ！　確かに王国とジューネ族には争った過去もある。天陽石の献上をやめることで、関係がこじれる可能性もある。それでも、このままでは山の環境が乱れるばかりだ。ただただ滅びを待つぐらいなら、私は行動を起こしたい」

族長は大きくうなずき、少しの間目頭《めがしら》を押さえた。

「……まだ私の父が健在だった頃から、私は族長の一族として派閥と派閥の間に入り、話し合いを続けて来たつもりだった。高齢だった父がついに亡くなり、受け継ぐ仕事が増える中で山を開く時期まで重なってしまった。そのせいで時間に追われ、私は父親として娘と向き合うことが出来ていなかったようだ。本当にすまないと思っている」

族長はうずくまるように頭を下げる。そんな父にフゥは寄り添う。

「私も……今までは素直に話すことが出来ていなかったかもしれない。父様が新たな族長として全体の意見を聞き、みなが納得出来る答えを探しているのは知っていた。だが、派閥間の対立は深まるばかりだった……」

「私の父は傑物だった。みな現状に不満はあれど、父の顔を立てるため表立った行動を控えていた。だが、私の代になった途端それは崩壊した。問題を長引かせ過ぎたのだ。もはや誰もが納得のいく答えなどないのかもしれない……。だからこそ、族長として私が決断しなければならない」

族長は顔を上げて俺を見た。

「ジューネ族の族長ソル・ジューネとして君に尋ねたい。君は自分たちの王をどう見る？　暴君《ぼうくん》か？　暗君《あんくん》か？　それとも名君《めいくん》と思うか？」

「それは……」

俺は言葉に詰まる。王都に住んでいながら、王のことをほぼ知らない……。

ならば、そのままそれを伝えればいいんだ。

「俺は田舎に生まれて、この2年ほどは王都に住んでいます。でも、王のことはあまり知りません。良い評判も悪い評判も特に聞こえて来ない人物です」

「そう……か」

「ですが、俺はこの国に生まれたことを恨んだことはありません。自分の人生を悲観《ひかん》したことはたくさんありますが、国に不満を持つことはなかったんです。田舎の両親が不満を言っていた覚えもないし、王都で不条理な弾圧《だんあつ》や処刑が行われた記憶もない。治安の悪い場所やあくどい組織が野放しになっていることはありますが、その現状を変えようと頑張っている人たちもいます」

族長は黙って俺の話を聞いている。いや、実は意味がわからなくて絶句しているとか……？

「えっと、何が言いたいかと言うと、この国は平和だと思うんです。そして、平和な時の為政者《いせいしゃ》というのは案外目立たないものなのかなって……。暴君はその時代を暮らしてる人間にこそハッキリとわかるものですが、名君というのはきっと歴史を振り返った時に生まれるものなんだと……」

自分でも何言ってるのかわからなくなってきた……！

きっと今の王国に不満を持っている人もいるだろうし、この言葉は俺の主観過ぎる……。

でも、これが俺から見た王国であることに変わりはない！

「……君の言いたいことはよく伝わって来た。少なくとも極端な行動に走るよりは、まず話し合ってみる価値のある王だと私は思った」

「ということは……」

「私が王都に出向き、国王と話をする。もちろん不安はあるが……これが族長としての決断だ。もう誰の言葉でも揺らがない」

フゥと俺の言葉は何とか族長に届いたようだ！

これから先どうなるかはわからないけれど、ジューネ族が良い方向へ進み出したと信じたい。

「ありがとう、ユート殿。君とフゥのおかげで決心がついた。その礼と言うのも何だが、やはりこの天陽石は正当な参加者である君が持つべきだ」

族長は台座に置かれた天陽石を手で示した。

「フゥは国王に会う口実として天陽石を欲していた。だが、族長である私が国王と対話すると決めた以上、これはもう必要ない。ユート殿が王都へ持ち帰り、天陽勲章を受け取るのだ。山のことを考えればここに置いておくのが最善だが、今年の『クライム・オブ・ヒーメル』はすでに開かれた。国王との対話を望む者として、今ある約束は守ろうと思う。なに、1年ならばそこまで悪影響はないはずだ。気にせず受け取ってほしい」

「フゥもそれで構わないんだね？」

「もちろんだ。ユートのおかげで私の目的は果たされた。この天陽石はジューネ族と王国の両方を想うお前にこそふさわしい」

「では、ありがたく頂戴《ちょうだい》します」

「くれぐれもフゥと一緒に登ったことは内密に頼む。競技を監視している同胞たちに知られる分には構わないが、他の参加者に知られるのは問題があるのでな……」

まあ、ルール違反といえば間違いなくルール違反だからなぁ。

フゥと一緒に山を登った記憶は心の中にしまっておこう。

「父様、私たちが通って来たのはあの南壁ルートだ。他のパーティに見られることなど……あっ」

おそらく俺とフゥは今、同じ顔を思い浮かべている。

ラヴランス・ズールとその仲間たち、そしてジューネ族のヴィルケさん……。

あちらも同じようなルール違反をしているので、騒がれることはないだろうと高《たか》を括《くく》っていたが……彼らは今どこで何をしているんだろう？

装備を失ったんだから、おとなしく下山しててくれればいいけれど……。

「……やはり、優勝者はあなたたちになりましたか」

この声は……ウワサをすればという奴だ……！

ヴィルケさんがラヴランスたちを連れず、単独で山頂に現れた。

「おおっ、ヴィルケじゃないか！　そうなのだ、ちょうど優勝者パーティが決まったところでな！　早速『クライム・オブ・ヒーメル』の終了を全体に通達してほしいのだが……」

「父様、こやつに心を許すのはやめた方がいい。何を企《たくら》んでいるのか、わかったものではない！」

フゥはヴィルケさんをにらみつける。この反応を見るに、フゥも察していたか……。

ラヴランスが魔鋼兵で攻撃を仕掛けて来たのは、やはりあまりにも都合が良過ぎる。

偶然動く状態の魔鋼兵を見つけたとして、知識もないラヴランスが1人で乗り込んで、それを動かすに至るとは考えにくい。

それを手引きした誰かがいる。それも、魔鋼兵を含む古代の技術をよく知る人物が……。

「ど、どうしたというのだ？　お前は外の世界で働くヴィルケに憧れていたではないか」

「確かに外に出してもらえなかった私は、外の世界で働く交易隊に憧れていた。そのリーダーであるヴィルケのことも尊敬していた。だが、それとこれとは別の話だ」

「一体、ヴィルケが何をしたというのだ……？」

「こやつもまた私と同じように競技の参加者と手を組み、何かの目的を果たそうとしていた。それはジューネ族全体のことを考えてのことらしいが……ならば、ここでその目的とやらを話しても問題ないはずだな？」

フゥはヴィルケさんに問いかける。

それに対して、ヴィルケさんは特に嫌がる素振りも見せず、すらすらと話し始めた。

「私はジューネ族が作る優れた武器や道具を国中に広めるため、男爵の息子であるラヴランス・ズール殿と手を組みました。私はラヴランス殿を導いて『クライム・オブ・ヒーメル』で優勝させる……。その見返りに、貴族の力を使って武器と道具の販路を拡大してもらうつもりでした」

よどみない口調……。まるですべて話す覚悟をして来たみたいだ。

顔をしかめていた族長も、その素直な態度に表情を多少緩ませる。

「いくら交易隊の隊長とはいえ、それを独断で行うのは許されない。我々の技術は古代より受け継がれたもの……。安易に広めれば、強過ぎる力はどこかで歯止めが利かなくなる」

「それは重々承知です。ですが、交易隊としてはもっとジューネ族の名を広め、その実態を知ってもらいたいのです。王国の民の中には、未だに我々を辺境に住む摩訶不思議《まかふしぎ》な部族だと思っている者も多く、魔法道具もそこらへんの工房に劣る品質という認識がまだあります。だからこそ、強力な武器という、技術の高さをわかりやすく示せる物を売りたい。でなければ……交易隊は報《むく》われないのです！」

キルトさんに教えてもらうまで、ジューネ族のことも作っている魔法道具のこともほとんど知らなかった俺としては耳が痛い……。

「ヴィルケ……お前の主張はよく理解した。確かに我々は商売を『ただ物を売るだけ』と思っていたかもしれん……。そこに絡む王国の民との関係にまで意識がいっていなかった」

「では、考えていただけますね……？　より強力な兵器の販売を……！」

「私は国王に我々が置かれている状況を伝えると決断したばかりだ。すぐには無理かもしれんが、これから交流が増えていけば、自《おの》ずと偏見《へんけん》も消え去るだろうと考えている。しかし、一度流した技術は取り返しがつかない……。もう少し考える時間をくれ」

族長はヴィルケさんの要求をするりとかわした。

ヴィルケさんはほんの数秒間黙った後、また口を開いた。

「交渉《こうしょう》が決裂したら……どうします？　毎年天陽石を献上するせいで山の環境が悪い方向へ傾いていると伝えて……それでも天陽石を求められたら？　次はどう動きますか？」

「難しい問題だな……。一度か二度の話し合いで解決してほしいと願うが、断られたとしても何度でも対話を求めていくしかないだろうと考えている。暴力でどうにかなる問題でもないのでな」

族長の回答は無難だと思う。結局のところ、まず話をしてみるしかないんだ。

ただ、ヴィルケさんがこの回答で満足するだろうか……。

「ふっ……族長というのは大変ですね。代々族長を務める一族に生まれたら、否応《いやおう》なしに族長にならざるを得ない……」

ヴィルケさんは笑う。族長も話が通じたと思って笑顔を見せた。

「確かに柄《がら》でもないことをやっていると今でも思う。だが、同胞のために与えられた使命を果たす覚悟がやっと固まった。ヴィルケ、これからも私と共に……」

「本当に大変だ。あなたのような人は指導者に向いていないというのに」

それは反応出来ないほど一瞬の出来事だった。

白いローブの隙間から出て来たヴィルケさんの手に握られていたのは……小型のマギアガン。

即座に4発の弾丸が放たれ、そのすべてが族長の体に命中した。

「父様……っ！」

最初に動き出したのはフゥ。撃たれた衝撃で後ろに倒れ込んだ族長の前に立ち、腕に装着された機械の腕輪から魔力の盾《たて》を発生させる。

「チッ……バレないように小型の銃にしたのが間違いでしたか。4発で内蔵の魔力バッテリーが切れるとは……。サイズの割に威力はあるのに、これでは売り込むのに苦労しそうだ」

「ヴィルケ……！　貴様は自分が何をしたかわかっているのか!?」

混乱と怒りが入り混じったフゥの叫びを、ヴィルケはまるで気にしていないようだ。

突発的な犯行ではない。最初からこれを狙って……！

「私を置いて……逃げろ……フゥ」

「父様……！　早く薬を……！」

「薬も撃ち抜かれている……。同族同士……最初に潰すべきものが何かをわかっている……。頭、心臓、外した時の保険に銃と薬……。頭を守るのが精一杯だった……。心臓はどうだか……」

「そんな……父様……！」

「情けない父ですまない……。ヴィルケの強い殺意を……見抜くことも出来ないで……。だが、こうなった以上……ひたすらに逃げるか、殺すつもりで戦わねば……！」

「でも、私たちは同じジューネ族の……！」

大人びているフゥも、流石にいきなり同族同士での殺し合いを受け入れられはしない。

この状況はむしろ……部外者の俺が出しゃばるべきだ！

「フゥ、俺のリュックからポーションを出してお父さんに飲ませるんだ。そこまで質は良くないけど、内臓の損傷にも効果はあるはずだ」

「わ、わかった……！」

リュックを外して地面に置く。その間もヴィルケから視線は逸らさない。

中品質のポーションの効果を考えると、心臓に直撃していたら助からないかもしれない……。

でも、わずかにでも外れていれば、動けるまでに回復する可能性はある！

「ロック、とにかくヴィルケを押さえるぞ！」

「クウウウッ！」

もはや遠慮はいらない。彼は俺たちの敵だ！

「おっと、魔鋼兵を倒した君たちと生身《なまみ》で戦うほど、私は自惚《うぬぼ》れていませんよ！」

ヴィルケはバックステップで俺たちから距離を取り……そのまま山頂の台地の外へと落ちて行ってしまった！

「なっ……ええっ⁉」

距離を見誤って下がり過ぎたのか？　それとも一目散《いちもくさん》に逃げ出したのか？

どちらにせよ、今のうちに族長の治療《ちりょう》が出来れば……。

「フハハ……アハハハハハハッ！　見るがいいッ！」

下から響いて来るヴィルケの声……。

次の瞬間、黒い物体が山頂まで飛び上がって来た。

ズシン……ッと山を揺らして着地したそれは……漆黒《しっこく》の装甲を持つ魔鋼兵！

「で、デカいぞ……！」

灰色の魔鋼兵よりも一回り大きい。5メートルはあるだろうか……？

今までの魔鋼兵は角《かく》ばった装甲が特徴的だったけれど、この漆黒の機体はずんぐりむっくりとした丸いシルエットが目を引く。

「この魔鋼兵は古代の遺物ではない！　我々改革派が秘密裏に作り上げた新造の魔鋼兵だ！　その設計、加工、生産！　すべてが我々の力なのですッ！」

なるほど、道理《どうり》で雰囲気が違うわけだ……。

言っちゃ悪いが全体的にバランスが悪く、愚鈍《ぐどん》そうな印象をぬぐえない。自分たちなりに頑張って作ってみましたって感じだ。

ただ、右腕の肘《ひじ》から先をまるまる大砲に置き換えたような武装は気になる……。

あの大きさの砲門から光線が放たれるとしたら、一体どれほどの威力になるんだ!?

「機動力に優れた山岳カスタム機を難なく倒した君たちを確実に消すためなら、この切り札『マギアゾルダ』を出すのも惜しくはない……ッ！　さあ、この右腕のゾルダートカノンで跡形《あとかた》もなく消し飛ばして……あげたいところですが、その前に彼らにも出て来てもらいましょう」

漆黒の魔鋼兵マギアゾルダは、左手の指で俺たちの背後を示す。

そこには、いつの間にか現れたラヴランスたちが立っていた。

「ラヴランス殿！　私たちは同族ではないが、同志になれると思っています。今こそ我々の夢を邪魔する愚か者どもを消し去るのです！　そう、あなたの手で！」

熱を帯びた口調で話すヴィルケ。

それに対して、ラヴランスの方は明らかに困惑していた。

「ええ……待てよ。お前の目的はズール男爵家の力を借りて、ジューネ製の武器を売りさばくことじゃなかったのか……？」

「ああ、最初はそうだったんですよ。でも、とある情報筋からズール男爵家にそんな力はないという報告が来ましてね」

そう、貴族にはそれぞれ役職がある。

国の防衛を担当する者、医療《いりょう》を担当する者、経済を担当する者……。

もちろん、武器や兵器を管理する役職もある。

その中でもズール男爵の役職は魔獣研究。兵器の販路など作れるはずがないと俺も思っていた。

しかも、近年は研究そっちのけで魔獣の収集に熱中していたと聞く。だから、『黒の雷霆』にも無茶苦茶な依頼をたくさんしていたわけだな。

「だ、誰がそんなことを……！」

ラヴランスはうろたえる。彼は嘘をついてまでヴィルケに案内をさせ、『クライム・オブ・ヒーメル』で優勝したかったようだ。

ただ、ズール男爵家に力がないと事前に知っていながら、敢えて知らないふりをしてラヴランスを山頂まで連れて来たヴィルケの行動が解《げ》せない……。

「しかもですよ？　あろうことか、販路拡大は不可能というだけでなく、武器を売ろうとする我々を反逆者として突き出して国王に媚《こ》びを売り、より高い爵位を得ようとまで考えていたそうじゃありませんか」

「なっ……！　そんな情報までどこから……!?」

ズール男爵家の情報はまだ調べられるだろう。

しかし、ラヴランスたちが裏で進めていた計画を知るには……。

「ラヴランス殿、その情報を知っていたのは誰かと考えれば、すぐにわかることです」

ラヴランスは一瞬ビクッと体を震わせた後、ゆっくりと後ろの仲間たちを振り返った。

ヴィルケは仲間の中に内通者がいると言っているんだ。

「お、俺たちじゃないですよ！」

「そんな器用なこと出来るわけないじゃないすか！　脳みそまで筋肉なのに！」

童顔の双子は筋肉をアピールするポーズを取りながら裏切りを否定する。

彼らが内通者でないとすれば、早くも容疑者は1人に絞《しぼ》られる。

「バラカ……お前……」

「ごめんなさいラヴィ……。あなたのこと、裏切ったわけじゃないのよ」

バラカと呼ばれた厚化粧の女は、不意に水魔法で生み出した大量の水で顔を洗う。

すると、その化粧の下から透き通るような白い肌が現われた。

「私には半分だけジューネ族の血が流れているの」

「そ、そんな……嘘だろ……」

うろたえるラヴランスの姿を見て、ヴィルケは笑い声を上げる。

「フフフ……醜《みにく》い顔を隠すために厚化粧をしていると思っていましたか？　ならば、まったくの的外れですよ。彼女はただ平穏に生きるため、素性《すじょう》を隠していたに過ぎない。ずっと王都に住んでいるわけでもない私でも、王都にいる間は人々の奇異の視線を感じ、気分が悪くなるもの……。それが毎日続くとなれば、その苦痛はいかほどのものか……」

今のラヴランスにヴィルケの言葉はほとんど届いていない。

きっと……仲間の中に裏切り者がいたことがただただショックなんだ。

「出会った時から……ずっと俺をだましていたのか……？」

「違う、違うのよ！　私は外の世界の男と恋をして、村を飛び出した女の娘……。だから、ジューネ族との関わりなんてなかった。去年の『クライム・オブ・ヒーメル』でヴィルケさんに正体を見抜かれるまでは……」

「彼女の言う通りですよ。先代の族長の時代は来る者は拒《こば》まず、しかし去る者は拒む体制だった。つまり、正当な手段以外で村を抜けた者は、村に帰ることが出来なかった。それはジューネの血が半分流れている子どもにも適用される。母が外の世界の夫に捨てられた後も、彼女たち親子に帰る場所などなく、バラカは正体を隠して冒険者として働いていたわけです」

ヴィルケの説明にバラカは何度もうなずく。

「ヴィルケさんは村を去った者でも、その気があれば帰れるようにしたいと言ってくれて……。だから、私は嬉しくって……ついラヴィたちのことも話しちゃったの。それでラヴィが貴族の子と知ったヴィルケさんは『彼の行動を逐一《ちくいち》報告しろ』って……。でも、本当にそれだけなの！　魔鋼兵まで持ち出して族長を殺そうとするなんて……私、聞いてない！」

「ええ、言ってませんもの」

ひょうひょうと答えるヴィルケに、バラカは怒りをにじませる。

「ラヴィに……私たちに何をさせるつもり⁉　ラヴィの企みを見抜いていたなら、わざわざ山頂までの案内を買って出ることもなかったのにって、ずっと思ってた！」

そうだ、俺もそれが知りたい。今までの話をまとめると、ラヴランスは今ここに必要ない人間だ。

「それこそが最初に私が熱くなって口走ってしまったこと！　ラヴランス殿に我々の同志になってほしいのです！　この雄大なヒーメル山脈に触れ、努力と研究の成果である魔鋼兵を見て、我々の本当の目的を知れば、あなたは必ず共感する！　その後は天陽石を持ち帰り、勲章を手に入れ、冒険者としても貴族としても箔《はく》をつけてほしかった」

この場にいるヴィルケ以外の全員の頭に「？」が浮かんでいると思う。

代表して聞き返したのは……俺だ。

「そんなにラヴランスを仲間に引き入れたかったのか？」

「ええ、腐《くさ》っても貴族は貴族。それに彼の現状を変えたいという強いモチベーションには、正直心打たれたのです。共に今の体制を破壊し、新たなる社会を作りたいと……ね」

「体制の破壊、新たなる社会……。それがあんたたちの本当の目的なんだな」

「そうです……が、あなたたちがいなければ、今日この日に族長を殺すなんて強行手段に出るつもりはありませんでした。他の勢力との兼ね合いもあるのでねぇ」

「他の勢力……？」

「おっと、もしかして我々ジューネ族の改革派だけで今の体制……つまり、王国を落とせると考えていましたか？　残念ながら、それは買い被りですよ。少なくとも今は難しい。なので、我々はズール家以外の貴族とも接触を続けて来たのです」

国民のことを考えて働いている貴族なんてほとんどいないと聞くが、やはり自らの権力を強めることだけを考え、王にすら牙をむく者もいるのか……？　それも複数……！

「かつては王国のことなど知りたくもなかった。ただ商売相手として接し、見下してくる人々を逆に見下していた……。しかし、バラカが私をラヴランス殿に引き合わせて以降、私は目を逸らしていたものに目を向けてみた。すると、フフフ……見えてくる見えてくる、魑魅魍魎《ちみもうりょう》が……！　自らの欲望のままに国を分割し、支配しようと企む者たちが……！」

平和に見えた王国も、水面下では欲望が渦巻いている。それをヴィルケは見てしまったんだ。

具体的に何を見たのかはわからないけれど、彼が考えを変えるにはそれで十分だったんだ。

「山に引きこもって伝統を守っているだけでは、いずれジューネ族は滅ぶと思いました。力を蓄《たくわ》え、知恵を巡らし、勇気をもって変化を起こす……。私が『王国との交渉が決裂したらどうする？』と族長に尋ねた時、『力を見せつけて交渉を押し進める』と胸を張って言ってくれれば……私はまだあなたに従っていたでしょう……。それもすでに過去の話ですがね！」

マギアゾルダは左手でラヴランスたちを指さす。

「さあ、私の考えは大体話しました。何であれ貴族であるラヴランス殿は、我々にとってこれから必要になる人材なのです。さらにあなたには稀有《けう》な魔鋼兵操縦能力があることも判明しました。今まさに我々の同胞が、あなたの乗った魔鋼兵と同じタイプの機体をテストしていますが、誰もあなたほど使いこなせていない……。そういう情報が届いています」

べた褒めじゃないか……。もしかしたら、ラヴランスは彼らの仲間になってしまうかも……。

だがしかし、ラヴランスはそもそも今の話をあまり理解出来ていないようだった。

「え、その……俺は国を変えたいとか、そんな大それた夢は持ってないんだ……。魔鋼兵に乗った時は痛いところを突かれて、つい殺すとか言っちゃったけど……俺はそんな覚悟もない人間だ……。本当は誰かから何かを奪い取りたいわけじゃなくって、自分の手にあったはずのものを取り返したいだけなんだ……。昔の、まともだった頃の、親父とか……！」

絞り出すようなラヴランスの声は、そのまま彼の本心を表しているように思えた。

彼の父であるマクガリン・ズール男爵を俺は知っている。

俺が上級ギルド『黒の雷霆』に入ってからクビになるまでの2年間……男爵の魔獣への熱量は狂気と呼べるまでに変化していった。

それが父親となれば、ラヴランスの苦労は想像を絶するものだったろう。

ラヴランスが一度抱いた野望は、実現しなかったとはいえ悪そのものだ。

でも、今回の出来事をきっかけに父と向き合う勇気を得られれば、彼が本来持っていた人間性を取り戻せるかもしれない。

みんな生きて、それぞれの居場所に帰るんだ。

「はあぁぁぁぁぁ…………。虚《むな》しいものですね……」

ヴィルケはあからさまな溜息を吐いた。

ラヴランスの答えが彼にとって満足いくものじゃないのは明らかだった。

「やはり、あなたも恵まれて生まれて来た貴族……。欲しいものは手に入れるのではなく、本来持っていて当然というわけですか……」

マギアゾルダもヴィルケの気分を反映したかのように空を呆然と見上げる。

こいつもまた中に乗って操縦するタイプの魔鋼兵で間違いなさそうだな……。

「正直、あなたとの決別は悲しい。だが、あまりにも知り過ぎたあなたは消さなければならない」

山頂の台地に新たな魔鋼兵が出現する。その数は8！

2メートルほどの小型機で、背中には金属の翼が生えている。

これは人が乗れるサイズじゃないし、何なら武器も内蔵されていないだろう。

その代わり、小型魔鋼兵の両手にはフゥのものとは少し違うマギアガンが握られている。

「跳躍《ちょうやく》と滑空を得意とする魔鋼兵か……」

ずっと黙っていた族長が、息も絶え絶えに口を開く。

調子は良くなさそうだが、まだ意識があるということは心臓を撃ち抜かれたわけではなかったようだ。

「あれは背中のブースターで跳躍し、翼を使って滑空しながら空戦を行うのだ……。古代の技術でも純粋な飛行魔鋼兵は作れなかったため……あのような形になった……。だが、戦果は上々で……多数量産されたと記録に残っている……」

「族長、無理をなさらずに……！」

「ふふ……戦えない以上、敵の情報くらい伝えるさ……。火力は手持ち武器が頼りで……内蔵武器はなし……。軽量化のため装甲も薄い……。恐れず魔法を当てれば倒せる相手だ……」

族長の言葉を聞いている間にも、小型魔鋼兵はラヴランスたちを包囲し、俺たちの方へ追いやって来る。

邪魔者を一か所に集めて、まとめて処分しようってか……！

「さて、実はこの右腕のゾルダートカノン……まだ人を撃ったことがありません。あなたたちには実験台として役に立ちながら消えてもらいましょう」

右腕の砲門の中が輝き始める……！

魔力をチャージして一気に放つ、魔鋼兵の光線と同じ仕組みだ。

「ああ、終わりだ……。こんなところで死ぬなんて……。なぜ、俺は嘘でもヴィルケの仲間になると言えなかったんだ……！　俺のせいでみんな殺される……！」

「それはまだお前が完全に腐ってなかったからだよ、ラヴランス」

「ユート……ドライグ……！」

「俺があの攻撃を防いだら、お前たちで小型の魔鋼兵を倒すんだ」

「な、何を言ってる……⁉　あんなのを防ぐ……⁉」

「ああ、防ぐ！　そして、本体もぶった斬る！　ただ、流石に周りの敵までは気にしてられない。だから、お前と仲間たちで何とかしてほしい！」

「む、無理だ……！　無理無理……！」

「いや、お前の灰魔法は、精密な動作を要する魔鋼兵相手に抜群の相性を誇る。今までも魔鋼兵を倒して来た俺が言うんだから間違いない！」

「そ、そうなのか……？」

「ああ！」

本当は灰魔法自体、ラヴランスのものを見たのが初めてだ……。

ただ、魔鋼兵を倒して来たのは本当だ。灰魔法は結構魔鋼兵に効くはず！

「ラヴランス……ここで骨すら消し飛ばされて死にたいか？」

真っすぐ目を見つめてラヴランスと話す。泳いでいた彼の視線が……一点に定まった。

「……嫌だ、死にたくない！」

「なら、頼んだぞ！」

ゾルダートカノンの輝きが最高潮《さいこうちょう》に達する……！

「長めの辞世《じせい》の句《く》の時間は楽しめましたか？　では、さらば！」

巨大な砲門から光の濁流《だくりゅう》が押し寄せる。

俺は技でも何でもない、ただただ全力でオーラをまとわせた竜牙剣を光に振り下ろす！

形容出来ないような轟音と共に……押し寄せる光線が２つに割れた。

「な、なにぃ……!?　ビームを斬ったというのかッ……!?」

斬られた光線は左右に分かれ、俺たちには当たらない！

代わりに俺たちを取り囲んでいた小型魔鋼兵の半分が、光に呑まれてバラバラになった。

「うっし……背中は任せたぞ、ラヴランス」

「有言実行されちゃあ……仕方ない。あと、この状況では手短にラヴィと呼べ」

「イエス、ラヴィ」

俺はそのまま、次に放つ技の溜めに入る。

キルトさんのように一瞬で魔鋼兵を両断する力はまだない。

「ロック、フゥ、時間稼ぎを頼む。トドメは必ず俺が刺す」

「うむ、任された」

「クゥ！」

マギアゾルダの中にいるヴィルケは明らかに動揺している。

ぶつぶつと何かをつぶやくばかりで、次の攻撃に移らない。

このままずっと、そうしていてくれれば……。

「正直、君のことを過小評価していましたよ……ユート・ドライグ。魔鋼兵と相対して、ここまで冷静に戦えるなんて……竜騎士の名にふさわしい！」

「これほどの魔鋼兵を一から作った人間にそう言ってもらえるなんて光栄だな」

ヴィルケは立ち直り、ゾルダートカノンは再チャージに入る。

少しのインターバルで連射可能とは……とんでもない兵器だ。

「1つ質問だが……あんたはどこに乗ってるんだ？」

「人間でいう心臓の位置です。ただ、人が乗る以上、ここは他の部分より頑丈に作ってあります。狙うのはお勧めしませんよ」

「なら、良かった。俺は最初からあんたまで斬る気はないよ」

狙うのはマギアゾルダの腰！　上半身と下半身を斬り分ける！

「こんな状況で敵の命の心配なんて……舐められたものですね！」

「全力を出すためにあんたを斬らないんだ。人を斬るとなると……きっと俺は全力を出せない」

「その戯言《ざれごと》が最後の言葉になりますよ！」

ゾルダートカノンが輝きを増す……！

「クアァァァァァァーーーーーーッ!!」

輝く砲門の中へ、ロックが輝く炎を発射する！

それは日々の修業の中でロック自身が編み出した新たなる技。

魔鋼兵が放つビームを参考にして生み出された「閃光《せんこう》の息吹」！

命名は俺だが、ロックも気に入ってくれた。

「な、内部の魔力がかき乱され……拡散している！　チャージが進まん……ッ！」

ドラゴンが元々持っている炎を吐き出す能力……。

それを鍛え上げ、魔力による制御で収束させ、1本の光線を生み出す。

その破壊力は魔鋼兵の装甲だって貫くはずだ。

アルタートゥムの戦いで、ロックは魔鋼兵に大きなダメージを与えられなかった……。その時に感じた悔しさが、この閃光の息吹を生み出したんだ！

「だが……マギアゾルダにはまだ左の拳があるッ！」

俺たちを潰すべく振り上げられた鋼鉄《こうてつ》の拳は……そこで動きを止めた。

「何だ……？　関節に異常だと……!?」

マギアゾルダの左腕の関節は……カチコチに凍り付いている。

「私が独自に開発した鉄氷弾《てっひょうだん》を関節に撃ち込んだ。これは被弾した箇所を侵食するように凍らせて身動きを封じる。魔鋼兵の関節には隙間も多い。無理に動かせば、入り込んだ鉄のように硬い氷がパーツを破損させるぞ」

アタッチメントによって銃身が長くなったマギアガンを構えたフゥは言った。

「何だと……！　私の知らない兵器が……ッ!?」

これでマギアゾルダの動きは完全に止まった。

「ロック、フゥ……ありがとう」

「試作品ゆえ鉄氷弾の在庫はもうないし、ロックにも限界がある。決めてしまえ、ユート」

「ああ！」

ゾルダートカノンより溜めが遅い俺の技だけど……その破壊力は俺自身も目を疑うほどだ。

「みんな、巻き込まれるなよ！」

竜牙剣の力を解放し、左から右へ薙ぎ払う！

「竜斬空《りゅうざんくう》ッ！」

まるで血のように噴き出す紅色のオーラが、荒々しい刃《やいば》を形成する。

美しさなど微塵《みじん》もない。押し寄せるオーラが触れるものを削り取り、切断する！

「うおおおおおおおおおおーーーーーーーーーッ!!」

剣を一気に振り抜くと、そこには上半身と下半身が分かれた魔鋼兵がいた。

斬り裂かれた断面は汚いもので、同じ竜牙剣を使っても、キルトさんの技とこうまで差が出るのかと思う。

「まあ……よくやってるさ！」

自分を褒めながら、山頂にズシンッと倒れ伏したマギアゾルダを見つめる。

「こっちも……ギリギリ無力化出来たぞ……！」

ラヴィたちは小型魔鋼兵を灰まみれにして固め、その機能を完全に封じていた。

「ありがとう、ラヴィ。これでひとまずは安心だ……」

残るは魔鋼兵の中のヴィルケをどうするかだ。

「こ……こんな簡単に……我々の技術の結晶が……敗れるとは……ッ！」

「簡単なんかじゃないさ……」

ここにいる全員が持てる力のすべてをつぎ込んだからこそ、俺たちは勝つことが出来たんだ。

もし、1つでも何かの要素が欠けていれば……全員骨も残らずこの世から消えていた。

きっと、ヴィルケの言うことはすべて間違いというわけじゃない。

平和がいつまでも続くとは限らないし、古代技術の研究を重ね、ジューネ族を守る力を蓄えることは間違っていないと思う。

俺だってこの世界が良い人ばかりじゃないってことは知ってる。

ただ、彼は外の世界の脅威を恐れるあまり、自分自身も魑魅魍魎《ちみもうりょう》になりかけていたんだ。

誰かを欺《あざむ》き、誰かを食らい、自分たちだけが富《と》み、生き残ることだけを考える怪物に……。

「中から自分の意志で出て来てくれるといいんだけど……」

そう言って俺がマギアゾルダに近づくと、その黒い機体がズズズ……とわずかに振動した。

その振動は止まらず、徐々に大きくなっていく……。

「ただ揺れてるんじゃない……！　ずり落ちてるんだ！」

竜斬空で斬り飛ばされた上半身のうち、重い右腕が山頂からはみ出してしまっていた。

それに引っ張られるように、上半身が徐々にずり落ちていってる！

「最後まで厄介な武器だな……！」

ただ、この巨体を引っ張り上げる力は俺たちにはない。

流石のロックのパワーも、マギアゾルダの大きさと重さには対抗出来ない……。

「出て来いヴィルケ！　マギアゾルダと一緒に落下するぞ！」

全員で呼びかけていると、マギアゾルダの首筋がパカッと開きヴィルケが出て来た。

「よし…………あっ」

ふらついていたヴィルケは足を滑らせ、魔鋼兵から崖下へと落下してしまった。

「そんな……！」

「クゥウウッ！」

ロックが走り出す。成人男性を抱えては飛べないが、滑空ならまだ希望がある。

何とか落下するヴィルケを掴んで、どこかの足場に……！

「メエエエ～！」

「うわっ！」

崖下を覗き込もうとした俺の前に、ヒーメルヤギが姿を現した。

しかも、その背中には落下したはずのヴィルケを背負っている！

「メッ！」

ヤギは地面の上にヴィルケを振り落とし、後ろからやって来た仲間と共に山頂でくつろぎ始めた……！

「ははは……。ヤギたちにとっては、ヴィルケだって助ける相手に変わりはないってことだな」

少なくともヴィルケはジューネ族のことを想って行動を起こしていた。

神聖な存在であるヒーメルヤギのことも大切にしていたんだろう。

「助けてくれて、ありがとうな」

「メェ〜！」

俺はヴィルケを助けてくれたヤギの頭を撫で、心から礼を言った。

一時的に気を失っていたヴィルケが目を覚ました。

「うぅ……ぐ……わ、私は……」

そして、俺の姿を確認して天を仰いだ。

「私の……負けですね。あなたたちに敗北するような力では、とてもじゃないが今の体制を変えることは出来ない……」

「いや、魔鋼兵はすさまじい力だ。正直、並の冒険者や騎士が束《たば》になっても勝てない兵器だと思う。ただ、王国に喧嘩《けんか》を売るのが難しいという認識は合ってる。この世界には俺よりも強い人がいくらでもいるからね」

少なくとも俺みたいに溜めの時間を必要とせず、魔鋼兵を両断出来る人を知ってるからな……。

「だけど、外の世界には危険な人たちがいるというのも……また事実だ。俺自身、冒険者という仕事をやっているから、悪党はよく見かけるよ。そういう人たちがいずれジューネ族に牙をむく可能性もあると思う。あなたたちの技術力はとても魅力的だから……そう、だからこそなんだ」

俺は仰向けに倒れているヴィルケの近くにひざまずいて語りかける。

「ジューネ族は一致団結しなければならない。王国の民より数が少ないからこそ、力を合わせなければ悪い人たちに付け込まれるだけなんだ。あなたが接触したという貴族たちは、きっと心の底からジューネ族の繁栄《はんえい》を願っているわけじゃない。自らの野望を実現するための便利な駒《こま》くらいにしか思ってないんだ」

「それは……わかっていましたよ。私自身、貴族を駒として考えていたところはありますからね。ですが、現状維持は衰退《すいたい》と同義です……。私が行動を起こし、新たなる強いリーダーにならねば、我々の同胞もこの雄大なる山も守れないと思ったのです……」

「あなたのジューネ族への愛は本物だと思う。それも……だからこそ、族長ともっと話し合うべきだった。俺は族長のことをまだよく知らないけど、娘の言葉は通じる人だった。きっと、あなたの言葉もぶつけ続ければ、いつか届いたはずだ。人の心の中なんてわからないし、どれくらい言葉が通じているのかわからなくて不安になると思うけど……殺したら永遠《えいえん》にわからないよ」

「……そう、ですね。結論を急ぐあまり、望む答えを言ってくれない族長に苛立つようになってしまった……。昔は立場など関係なく、同年代の同胞として素直に話せたのに……」

「ヴィルケ……さん、あなたはすごい人だ。魔鋼兵の新造と操縦なんて並の人間には出来ない。だから、俺はまた『だからこそ』と言う。優れた人間というのは、自分より劣る人間を見下すのではなく、他の人の足りない部分を補い、支えられる人だと思うから……。不満に思うくらいなら、その力を使って族長を支えてあげてほしいんです」

……勝手にこんなことを言っているけれど、族長はヴィルケさんのことを許すだろうか？

そもそも「支えてあげてほしい」って、族長の力が足りてないって言っているようなもの。

本人が近くにいるのに、これはあまりにも失礼……。

それでも、ヴィルケさんの心を救い、その力をジューネ族のために役立ててもらうには、こういう話が必要なんだと俺は思う。

お叱りなら後でいくらでも受けようじゃないか……！

「……ヴィルケよ」

ヴィルケさんに撃たれた箇所を押さえつつ、族長は立ち上がった。

顔色はずいぶん良くなっている。もう命の心配はないようだ。

「はい……族長」

呼びかけに応えながら、ヴィルケさんも上体を起こす。

「私以外の人間を銃で撃ったことはあるか？」

「……交易隊の仕事で外の世界に出ていた際、商品を狙う盗賊《とうぞく》を追い払うために何度か撃ったことがあります。その時は狙いが甘く、かすり傷を与えるのが精一杯でしたが……」

「そうか……。今回のお前の大それた計画のため、誰かを殺《あや》めたことはあるか？」

「いえ、私の体に流れるジューネの血に誓って……殺しはやっていません」

「ならば、私はこの度のお前の蛮行《ばんこう》を許そう」

「な……っ!?　それは誠《まこと》ですか……!?」

ヴィルケさんは驚いた勢いで立ち上がった。

俺も許してもらえる前提の話をしていたとはいえ、族長のキッパリとした言葉には驚く。

「ユート殿の薬のおかげで、傷はあまり目立たなくなった。今日の霧立ち込めるヒーメル山ならば、山頂で魔鋼兵を交えた反逆が起こっていたことも十分に隠し通せる。まあ、流石に同胞にはいずれ気づかれると思うが、競技の参加者に気づかれなければどうとでもなる」

「それは……そうかもしれませんが……」

「同胞には激しい議論の末、私とヴィルケは和解したと説明する。起こった戦いについては両者が生きていることで察してくれるだろう。改革派にはヴィルケから事の顛末《てんまつ》を説明し、上手く落ち着かせてくれ。頼めるな？」

「それはもちろんですが……本当に私を許すのですか……？」

「許す！　表立った罰もない。ただ、お前たちが隠れて開発した兵器の実態や、水面下でつながれた人脈などの精査が終わるまでは、あまり自由に動けないと思った方がいい。それと……許すと言っても、今回のような強行的な手段を私は一切評価しない。それだけは覚えておくのだ」

「は、はい……！　思い上がったことを……申し訳ございませんでした……！」

ヴィルケさんは深々と頭を下げる。族長はそんな彼の肩に手を乗せた。

「私にも責任はある。世間知らずで、優柔不断《ゆうじゅうふだん》で、娘にすら説教されるような男が人の上に立っていると、下につく者は不安になる……当然だろう。だが、人はすぐには変われない……。だからこそ、私を支えてくれないか？　ヴィルケよ……」

族長の言葉を聞いて、ヴィルケさんは膝から崩れ落ちる。

「もったいなきお言葉……！　ヴィルケ・グリージョ……ソル族長のため、ジューネ族の繁栄のため、この身を捧《ささ》げます……ッ！」

今のヴィルケさんが流す涙に、嘘や野望は混じっていない。

これでジューネ族内部の問題は解決に向かうだろう。

「フゥ、俺たちも今回の戦いは秘密にするよ。ただ、俺の所属するギルドのマスターはすごい人でね……。隠し事はすぐ見抜かれると思う。だから、ギルドの仲間には話す」

「ああ、ユートが認めた仲間なら心配はせん。それにしても、さっき言っていた『この世界には俺よりも強い人がいくらでもいる』というのは本当か？　ユートも相当な強さだと私は思うのだが……もしや、あの発言は出まかせではなかろうな？」

「いや、いるさ。冒険者の中でもS級と呼ばれる特別な人たちがね。何を隠そう、俺たちのギルドのマスターがそのS級の1人なのさ！」

まあ、当の本人はそれを自慢するどころか隠していて、ある日うっかり口を滑らせて俺たちに話してしまった……という感じなんだけどね。

「なんと……！　そのマスターとやらはユートより強いのか？」

「ああ、それはもう間違いない。その人は溜めなんかなくたって魔鋼兵を真っ二つに出来るし、俺なんて足元にも及ばないよ。それにこのすごい力を発揮する竜牙剣をくれたり、剣術の基礎を教えてくれたりもしてるんだ」

「ほう……そんなすごい人物が外の世界にはいるのか……！　私も会ってみたいものだな」

「ぜひ、おいでよ！　ギルドの仲間たちは絶対歓迎してくれるさ」

「ふむふむ……。国王との謁見《えっけん》は父様が請け負ってくれたが、それはそれとして私が王都に行っても問題はない……か。うむ、私も外の世界を見てみたいぞ！　そうすれば、ヴィルケの気持ちも少しはわかってやれるかもしれんしな」

「王都には悪い人もいるけど、それだけじゃないんだ。日々をたくましく、誠実に生きている人だってたくさんいる。フゥには両方を見て、知ってほしい。まあ、悪い人には出くわさないのが最高ではあるんだけどね」

「そうはいかないのが、人生というもの……だろ？」

フゥがニヤリと笑う。12歳とは思えないくらい大人っぽい表情と言葉だ。

何だか俺の方が子どもの気分になるけど、精神面では実際そうなのかも……。

「ユート・ドライグ……」

ふと、ラヴランスが声をかけて来た。

「小型魔鋼兵を倒してくれてありがとう、ラヴランス。おかげで生き残れたよ」

「いや、それはまあ……礼を言うのはこっちの方だ。あのデカブツは俺たちじゃ倒せない。その……助けてくれて、ありがとうな……」

髪の毛をしきりに触っているし、目も合わせてくれない。でも、感謝の気持ちは十分に伝わった。

「こういう時はお互い様さ。もう魔鋼兵に乗って暴れないでくれたら……それでいい」

「ぐっ……いや、すまなかった。勲章を得たいがための焦りと、父と向き合うことへの恐怖に抗《あらが》うことが出来なかった……。すべては俺の弱さが悪い。仲間たちは振り回されただけだ。どうか恨まないでやってほしい」

「俺はラヴランスを恨んでないよ。まあ、結果として無事優勝出来たのと、襲われたおかげで出会えたものがあったから……というのはあるけどね」

俺はヤギたちの方をチラッと見る。彼らと出会ったことで、俺たちは古代の記憶に触れた。

洞窟の中でも元気に実が生る果樹、過去の戦いを克明に残した動く壁画、その他にも大昔に生きた人たちの足跡を……俺は忘れないだろう。

「妨害されたうえで優勝まで取られてたら、流石に俺もラヴランスを恨んでたさ。人間なんてその時の状況や立場で行動がガラッと変わる。本当のラヴランスは悪い奴じゃないって、俺は信じることにするよ」

「……ああ、本当の自分になるために、俺は親父と正面から向き合う」

ラヴランスの目は真剣だが、同時に怯《おび》えているようにも見えた。

「来年はもう『クライム・オブ・ヒーメル』の参加条件を満たせない。悔しくないわけじゃないが……勲章は諦める。冒険者として箔をつければ親父は認めてくれると自分に言い聞かせてたけど、そんな簡単な話じゃないって、親父を知ってるユートにはわかるだろ？」

俺は静かにうなずいた。

魔獣の卵の収集に躍起《やっき》になっているズール男爵が、使い勝手のいい息子という手駒を手放すわけはない。どこまで行っても飼《か》い殺《ごろ》しだろう。

「だから、ずっと目を逸らして来たが……もうそれはおしまいだ。正面から立ち向かい、親父の支配から脱却する。まっ、上手くいくかはわからないけどな……」

「俺は信じてる。何かあったら俺の所属する『キルトのギルド』を頼ってくれてもいいし、ずっとついて来てくれた仲間を頼っても……いいんじゃないか？」

ラヴランスは振り返る。そこには変わらず３人の仲間たちがいる。

話の流れが理解出来なかったのか、戦いの後は終始笑顔で体を動かしている双子。

そして、バツの悪そうな顔で立ち尽くすバラカという少女だ。

「ラヴィ……私は……」

「何も言うな。悪いのは俺だ」

「で、でも……。私、あなたの言う通り、裏切り者で……」

「俺はお前の厚化粧を、醜い顔を隠すためだと思ってたんだ。本当の理由も知らずにな……。そんな男、裏切られて当然だろ」

「ラヴィ……」

「むしろ、これからも俺の仲間でいてくれるか？　この先は面倒なことに巻き込まれるかもしれないが……それでも」

「うん、これからも私はラヴィの仲間！　面倒なことになるからこそ……ね？」

「……ありがとう」

こっちも一件落着だな。今の彼らが今回の戦いを言いふらすことはないだろう。

「あー、こほん！　君たち、私の話を聞いてほしい」

族長が全体に呼びかける。みんな話すべきことは話し終えたので、静かにそれを聞く。

「これから、全員で下山する。本来、この下山方法は優勝者のみなのだが……今回は特別だ。全員、中央から離れて端に寄ってほしい」

下山……。そういえば、クレーゼルさんの本は下山の過程が省略されていたな。

本来、山登りは下山の方が危険を伴う。それを書いていないということは、何か特別な理由があるとは思っていたけれど、まさか優勝者のみの下山方法があるとは……。

何をするのかはよくわからないが、とりあえず全員が山頂の中央から離れる。

すると、山頂の地面が真ん中からゆっくりと裂け始めた……！

「魔鋼兵を目撃した君たちなら察しはついていると思うが、この山脈全体が古代の遺跡……いや、魔獣に対する防衛基地だったのだ。そして、魔鋼兵は魔獣に対抗するために作られた兵器なのだ。今、目の前に現れたのは……そんな魔鋼兵の中でも巨大なものを運搬するためのリフトだ」

裂けた山頂の地面の中から、円盤型の足場がせり上がって来た。

なるほど……これなら巨大な魔鋼兵を山の下から上まで運べる……！

「ここまで大型のリフトと開閉するハッチは山頂くらいにしかないが、小型から中型のものは山の各所に配置されている。ヴィルケがいきなりマギアゾルダで出て来れたのも、あらかじめ山頂付近のハッチに機体を待機させていたからだろう」

「ええ、その通りです。この山脈は広大過ぎて、我々ジューネ族でもすべてを把握出来てはいません。なので、改革派のみが知るハッチや兵器を製造する設備を確保し、隠れて魔鋼兵を用意するのは比較的容易だったわけです」

「これはもう先代の族長の時点で管理力不足だったと言わざるを得んな……」

族長は頭を抱えたが、すぐに立ち直ってリフトに乗るよう俺たちを促した。

「このリフトに乗れば地上まですぐに着く。そこから山中を通る魔動トロッコに乗れば、あっという間にジューネの村に到着だ。これを優勝者のみに使わせるのは、あまりこのことが広まってほしくないというのもあるが、一番の理由は優勝者を安全に下山させるためだ。一応は天陽石を国王に献上するのが目的だから、優勝者が怪我をしては我々も困るのだ」

族長の話を聞いているうちに、全員が乗ったリフトは下へと降りて行く。

このリフトが動く音……駆動音と言うらしいけど、ゴウンゴウン……って聞き慣れない音だ。それに降りて行く時に感じるちょっとフワッとした感覚が妙で、族長とヴィルケさん以外みんな身構えているのが何だか笑えた。

リフトの降下中、族長は手に収まるぐらいの四角い箱を使って、山中にいる仲間たちに優勝者決定の報を伝えていた。この箱を持つ者同士なら、距離の制限はあるものの会話が出来るそうだ。

そして、レースを監視していたジューネ族の人たちが、俺たち以外の参加者にレース終了を教え、下山をサポートしてくれるという。

族長の言う通りリフトは割とすぐに地上に到着し、そこからはトロッコに乗り換えた。

このトロッコは魔動車と同じく魔力で動く乗り物で、揺れも少なくスーッと山をくり抜いて作られたトンネルの中を進み、あっという間にジューネの村に到着した。

この段階になるとみんなホッとしており、睡魔《すいま》と戦っている人もちらほら……。

まあ、ロックに至っては戦いが終わったあたりから昼寝を始めている。

もうこれ以上の戦いはないと思ったんだろうな。

ロックを起こさないようにトロッコを降り、次は魔動車に乗り換える。

「ユート殿、本当は我が家でもてなしたいところだが……この後数日は我々ジューネ族のこれからを決める話し合いが行われる。正直、村にいても愉快《ゆかい》な気持ちにはならないと思う。今回はこのまま魔動車でノーデンズに戻ってほしい」

外の世界の人間が近くにいたら、話し合いがややこしくなりそうだもんな……。

俺は族長の言葉通り、ノーデンズまですぐに帰ることにした。それはラヴランスたちも同じだ。

「ユート、またすぐに会えると思うが、しばしの間さよならだ」

フゥが俺とロックに向かって手を振る。

「ああ、族長が王都に向かう日が決まったら、俺たちと一緒にギルドに行こう！」

「うむ、楽しみにしておるぞ！」

「クゥ～！」

ロックもこの時ばかりは起きてフゥに挨拶した。

魔動車は山のふもとの樹海を迂回してノーデンズへ向かい、日が暮れる前には街に到着した。

流石に俺も魔動車に揺られている間は寝てしまったが、おかげで少し元気が出て来た。

「なんか……この街すらも超久しぶりって感じだ……！」

魔動車から降りてうーんと大きく伸びをする。

4日かけて山頂まで登ったのを、数時間で戻って来た。やはり、古代の技術はすさまじい……。

話し合いが上手くいって、2つの派閥が手を取り合うのを願うばかりだ。

理由はどうあれ改革派が進めていた古代技術の研究は、ジューネ族のこれからに役立つはずだ。

「クー！　クー！」

目を覚ましたロックが、外で立ち尽くす俺に呼びかける。

「そうだな。早くホテルでゆっくり休んだ方がいいよな」

山に比べたら街の中は暖かいけれど、それは感覚が麻痺《まひ》している証拠だ。

街の空気だって十分に冷たいし、早くシャワーを浴びて温かいベッドで眠ろう。

「なあ、ユート・ドライグ……」

同じ魔動車から降りて来たラヴランスが遠慮がちに声をかけて来た。

「どうした、ラヴランス」

「まず、呼び方は……別にラヴィでも構わん。我ながら少々長ったらしい名前だとは思っているからな」

「わかったよ、ラヴィ。それで本題は別にあるんだろ？」

「ふっ……ずけずけ言ってくれる。まあ、これは反省していると思われたくてするわけではないんだが……ホテルの部屋を交換しよう」

「えっ……あ、なるほど！」

要するに、割り込んで奪い取る形になったロイヤルスイートを俺に返すということだ。

「というか、あの時から借りっぱなしなのか？」

「ああ、高級ホテルはそれなりに信頼性の高い荷物置き場にもなるからな。あと、金だけはあるのさ……。親父は仕事のために必要と言えば金を出してくれる。特に親父の依頼で魔獣の卵探しをする時なんかは、活動資金の名目で多めに金が入る。金だけじゃ無茶な依頼の解決にはつながらないんだが……そんな仕事の過程には興味はないってことだ」

だから、ロックバードの卵の探索なんて依頼を平気で投げるんだろうな。

まあ、それを受ける奴も受ける奴だが……。

「宿泊代は俺が出す。これはケジメみたいなもんだ。存分に泊まれよ」

「ああ、ありがとう！」

せっかくなので、俺はその提案に乗ることにした。

ホテルに戻って、ロイヤルスイートルームに行ってみると……。

「……うーん、ちょっとゴテゴテしてるかな」

ちょっとわくわくして乗り込んだ最高級の客室は、高そうな家具がたくさんあって何だか落ち着かない空間だった。

「しかも家具を壊したら弁償《べんしょう》しなきゃいけないのか……。そんなものを生活空間に置かれても、困っちゃうよなぁ……。ロックも物を壊さないように気をつけてね」

「ク～！」

ロックは賢いから心配していないが、一応は言っておかないとな。

「でも、この部屋……景色だけは最高だな！」

ノーデンズで一番高い建物の最上階。

そこから見える景色には、金貨を積み上げてこの部屋に泊まる価値があるかもしれない。

ただ、この景色を楽しめる時間はそう長くはない。

ジューネ族の中で話をつけた族長がノーデンズまでやって来たら、俺たちも合流して王都へ向かうことになっている。

それが何日後になるかはわからないが、族長は早めに話をつけると言っていた。

族長の決意は固いが、ジューネ族が一枚岩じゃないことは嫌というほど実感した。

また争いになって、血が流れなければいいけれど……。

とにかく、今の俺に出来ることはない。ここは族長を信じてホテルで待とう！

「フゥも無事だといいんだけど……」

「私なら無事だぞ」

「えっ……うわっ!?」

ベッドの下の隙間からフゥが飛び出して来た!?

彼女はジューネ族として村に残っているはずなのに……⁉

「一体いつからいたんだ⁉」

「ユートたちとずっと一緒にいたぞ。魔動車に潜り込み、背後をつけて部屋に忍び込んだのだ！

まあ、ロックの方は気づいていたようだがな」

「クゥ～」

そうか、鼻が利くロックならフゥに気づかないはずがない。気づいてて黙ってたなぁ～！

「でも、いいのかい？　大事な話し合いを抜けて来て、お父さんも心配するんじゃ……」

「これは父様の提案なのだ。ユートと共に先に街に行ってくれとな」

「そう……なのか」

これは父親としての思いやりなのかも……。

族長はヴィルケの裏切りを見抜けなかった。ならば、自分が信じている人間の中にまだ敵がいるかもしれない。そんな状況で娘が近くにいたら、気が気じゃないだろう。

それに、話し合いは一筋縄《ひとすじなわ》ではいかない。聞くに堪《た》えない言葉が飛び交うこともあり得る。

フゥにはジューネ族のそういう一面も受け止められる強さがすでに備わっていると思う。

けど、そういうものから遠ざけたいと思うのが親心だ。

「私もこの部屋に泊めてもらうぞ。ちょうどベッドが2つあるみたいだからな」

フゥは白いローブを脱いで背中からベッドに飛び込む。

ふかふかのベッドは彼女の軽い体を受け止め、跳ね返す。

「おぉ……これは良いものだ。いくら寝返りを打っても落ちないくらい大きいというのも良い！」

ベッドの上をごろごろ転がるフゥ。

それに釣られてロックも一緒にごろごろし始めた。

なんとまあ、大変微笑ましい光景だろう。

それにしても、俺は族長に相当信頼されているみたいだ。

状況的に仕方ないとはいえ、若い娘を若い男の俺に預けるのだから。

正直、一緒の部屋に寝泊まりしてもいいものかと思いつつ、それを考えること自体、フゥを変な目で見ているんじゃないかと思われそうで……難しい問題だ。

フゥは12歳、俺は16歳、その差は4歳。

そんなに離れてはないけれど、歳が近いとも言い切れない年齢差だ。

「なあ、ユート。腹が空かんか？　私は外の世界の料理を食べてみたいぞ！」

「確かフゥって村の外に出たことがなかったんだっけ？」

「そうだぞ。まあ、樹海やヒーメル山はうろちょろしてたが、この街まで来たのは初めてだ！」

「なら、ちょっと奮発して美味しい料理をご馳走しようかな」

「ほっ、本当か⁉　やったー！」

背負っていた重い使命を下ろしたフゥは、年相応の少女のようだ。

そして、俺はようやく彼女が誰に似ているのかわかった。

彼女を見ていると、田舎に残してきた妹を思い出すんだ。フゥとは見た目も性格も違うが、何となく守ってあげたくなるのは同じ。

まあ、俺は一人っ子だから本当の妹じゃないんだけどさ。

出稼ぎに行った両親が帰って来ないっていう、どこの村でもある話で1人になってしまった少女を母さんが家に迎え入れたんだ。

歳は俺の1つか2つ下くらいで、女の子らしく成長が男の俺より早かったから、村の人たちからは俺の方が弟扱いされてたりして……あの頃は結構気にしてたよなぁ。

そして、14歳になって俺は……村を出て王都にやって来た。

それからは一度も会っていない。今も元気でやっているだろうか……。

少し前までは今の自分に自信がなくって、とてもじゃないけど家に帰れない状態だった。

でも、今なら少しは胸を張って故郷に帰れるかもしれない。

いつか……いや、早いうちに……一度帰ってみようかな……。

「ユート・ドライグッ！　いるかっ⁉」

激しくノックされるドア、聞こえて来るラヴランスの声……何か鬼気迫《ききせま》るものを感じる。

ノスタルジーな気分をかき消しながら、俺はドアを開けた。

「どうしたんだ、ラヴ……」

「落ち着いて聞けよ、ユート・ドライグ……！　国王陛下《へいか》が崩御《ほうぎょ》された……！」

「な、何だって……!?」

「早馬で情報が回って来たんだ！　お前たちが話をするはずだった国王はもういない……。あまり表には出て来なかったが、穏健派《おんけんは》の王だったと聞く……」

「次の国王は誰になるんだ……？」

「順当にいけば継承順位が1位の国王の長子ということになるが……こいつは問題児らしい。そもそも、我らがヘンゼル王国では歴史的に穏健派と過激派……2つの派閥が戴《いただ》く王が交互に現れる傾向にある。平和の中で育った王は刺激を求めるということだな」

「それじゃあ、族長と国王の話し合いは……」

「難航するならまだいいさ。場合によっては拒絶もあり得る」

「そんな……！　族長は俺から今の王国の現状を聞いて覚悟を決めたのに、その体制が変わってしまっては……！」

「ただ、悲観するのはまだ早い。本来なら訃報《ふほう》と共に流れて来る新国王の情報がまったくない。これは内部で相当ごたついてる証拠……。長子が受け継ぐなら順当過ぎてごたつくはずないからな」

「なるほど……」

「ユート・ドライグ……俺のような男爵の息子ごときでは計り知れない闇が、王城には渦巻いてるのさ。激しい権力闘争、骨肉《こつにく》の争い……ヴィルケの言っていたことはおそらく真実なんだ」

国を分割して支配しようと目論《もくろ》むような魑魅魍魎《ちみもうりょう》……。時代ごとに現れる過激派の王……。

ヴィルケが暴走するのも仕方ないくらい、見えない場所で平和は脅《おびや》かされているのか……。

「ありがとう、ラヴィ。急いで教えに来てくれてさ」

「これくらいはまあいい。俺はジューネ族と王国の交渉には関われないからな。とにかく、油断するんじゃないぞ。今回の件はまだ一件落着というわけじゃないんだ」

「ああ、気を引き締めていくよ」

「後は……なんやかんやあって、すごく有能な王になってることを祈ろうぜ」

「ふふっ……そうだな」

一難去って、また一難……。

『クライム・オブ・ヒーメル』優勝の喜びを噛みしめぬまま、俺はまたとんでもない場所に向かわないといけないようだ。

俺たちが暮らすヘンゼル王国の王都へ……正体不明の国王に会うために。

◇　◇　◇

そして2日後、ノーデンズに族長がやって来た。

「父様！　元気そうで何よりだ！」

「フゥもずいぶん楽しんでいるみたいじゃないか！」

この2日間、フゥはロックと一緒に街の中を遊び回っていた。

お互いまだまだ世界を知らず、見るものすべてが新鮮なんだ。

そして、俺はそんな2人に振り回されて……結構疲れてたり眠たかったり……。

それに持って来たお金も底をつきかけている。フゥもロックもよく食べるからなぁ！

「ユート殿、娘の面倒を見てくれてありがとう。何か迷惑をかけなかったかい？」

「いえ、全然大丈夫です！」

財布が冷え込んだとしても、ここで金をせびるようなことはしない。

まあ、帰りの馬車代が足りなかったら流石に言うけど……。

「では、来て早々になるが……王都に発《た》つ準備を始めようと思う」

「話し合いは……決着がついたんですね」

「ああ、破壊された魔鋼兵が良い交渉材料になった。過激な改革派にとって、あれらは象徴《しょうちょう》だったのだ。それが外の世界の冒険者……それもたった数人に破壊されたとなれば、熱も少し冷めて冷静になれたということだろう」

本当はたくさんの冒険者を脅かせる兵器だけれど、戦ったのが魔鋼兵の天敵というかライバルだった竜の力を持つ俺たちだったのが運の尽きだな。

「維持派の中には国王との話し合いすら望まない者もいた。だが、流石にそれは聞けない話だ。毎年の『クライム・オブ・ヒーメル』によって、循環すべき高魔元素の塊である天陽石を取り除き続けた結果、今の不安定な山の環境があるのだ。ジューネ族と王国の友好行事は継続する形で、その内容を天陽石に関係がないものに変えたい。それが第一目標だったが……そうも言っていられない状況になってしまったか……」

国王の崩御の情報は族長にも伝わっていた。

「ユート殿、新国王の情報はまだ出ていないと聞くが……」

「ええ、まだ何も聞こえて来ません。ここが最北の街だからなのか、それとも王都でもまだ……」

「行ってみないとわからない……ということだな」

俺たちは荷物をまとめ、大きめの馬車を1台貸し切った。

お金は族長が出してくれたので非常に助かった。

いつかまたノーデンズに来てあのホテルに泊まりたいものだが、それはかなり先になりそうだ。

王都に戻ったら、ギルドを離れていた分しっかり働かないと！

「では、出発しようか」

俺とロック、族長、フゥを乗せた馬車が動き出す。

この馬車には『クライム・オブ・ヒーメル』の優勝者が持ち帰る天陽石も積んである。

今年は例年通りの内容で行事を開催したので、そのままいつも通り石を献上する。

そして、来年からは山の環境保護のために、天陽石に関わらない行事に変更してもらう。

まずはそこまで話が進めばいいんだけど……。

「うむ……。私はこの馬車という乗り物がどうも慣れないなぁ……」

族長は明らかにそわそわしている。

フゥの方は普通に適応して窓の外の景色を眺めている。

「だ、大丈夫ですか……？」

「ああ、問題はない……。酔っているというわけじゃないんだ。ジューネ族は魔力を動力とした乗り物を使っているから、馬車が新鮮なだけなんだ……」

いや、族長の変化は乗り物のせいじゃない。国王との対話を前に緊張しているんだ。

さっきから手が小刻みに震えているし、目も泳いでいる。

気持ちは痛いほどわかるけれど、これじゃあいざ王の前に出た時どうなることやら……。

◇　◇　◇

一抹《いちまつ》の不安を抱えつつ、来た時と同じくらいの時間をかけて俺たちは王都に帰還した。

「こ、ここが王都か……！　なんとシャレた建物……！　なんとたくさんの人……！」

フゥは驚きのあまり立ち尽くす。

俺も初めて王都に来た時は建物を見上げてばかりだったなぁ～。

「私は前族長の付き添いで何度か王都に来たことがあるが……何度来ても落ち着かないものだ」

立派な体を縮こまらせた族長がしみじみと言う。彼が気にしているのは人々の視線だろう。

ジューネ族特有の白いローブと白い髪、白い肌は非常に目立つ。

今も多くの人々の視線が族長とフゥに向けられている。確かにこれは生きにくいよなぁ……。

「まずは俺のギルドに行きましょう。そこなら落ち着けますし、国王と話をしている間フゥを預かってもらえます」

「ああ……案内を頼む、ユート殿」

出発から一週間以上経っての帰還だが、流石に帰り道を忘れてはいない。

久しぶりに見る『キルトのギルド』の外観は……前と変わっていないな。

「ユート・ドライグ、ただいま戻りました」

「クゥ！　クー！　クー！」

元気良く挨拶をしながら拠点の中に入る。

すると、待ってましたと言わんばかりにシウルさんが抱き着いて来た。

「おかえりユート！　ロック！」

「シ、シウルさん……待ち構えてたんですか？」

「うん！　こっそり窓から見てたよ！」

シウルさんは以前より精悍《せいかん》な顔つきになった気がする……。

きっと俺がいない間に仕事や修業、勉強を頑張ったんだろう。

「おかえりなさい、ユートくん、ロックちゃん。結果は上々みたいだね。顔を見たらわかるさ」

キルトさんは一目見てすべてを見抜いた。やはり、嘘はつけないな。

「はい、優勝してきました。でも……」

「ちょ、ちょっと待って！」

話を遮ったのは目を丸くしたシウルさんだ。

「なんか……軽くない？　優勝ってすごいことだし、感動的じゃない？　なんでこんなあっさりした言い方で、キルトさんもあっさりした反応なの……!?　まるで何かのついでみたいに……」

「ええ、俺の優勝は二の次になってしまったんです。それ以上に大事な大事な役割を……俺は果たさなければならないんです」

「一体……何があったって言うの？　それによく見たら珍しいお客さんがいるわ！」

シウルさんが族長とフゥをジーッと見つめる。

「その……結構突拍子もない話になるんですが、どうか落ち着いて聞いてください。そして、今から俺が話すことは、決して外部に漏《も》らさないでください。ここにいる俺たちだけの秘密です」

俺は口に人差し指を当てる。シウルさんはごくりと生唾を呑み込む。

キルトさんはちょっとワクワクしてそうな感じだ。

「どんな話を聞かせてくれるんだい？　ユートくん」

「これは……ジューネ族の未来を懸けた戦いの話です」

俺はギルドを出て以降に体験したことから重要な部分だけを抜き出して話す。

それでも結構長い話だが、キルトさんとシウルさんは黙って聞いてくれた。

「えっと……要するに国家転覆《てんぷく》が計画されてたってこと……⁉」

話を聞き終えるや否や、シウルさんがすっとんきょうな声を上げた。

「シウルさん、しーっですよ……！」

「ご、ごめんなさい……！　でも、あまりにも壮大な話だったから……」

まあ、気持ちはわかる。俺も人からこんな話を聞かされたら叫ぶさ。

でも、この話は絶対に外へ漏らしてはいけない。

これが広まれば、ジューネ族と王国の間に大きな溝《みぞ》を作りかねないんだ。

「天陽石の献上による環境の変化、競技者の質の低下、王国との争いの記憶、そして、ジューネ族を見る人々の目……。いろんな要因が合わさって、現状の打破を望む改革派が生まれた。彼らは山に眠っていた古代兵器を研究開発し、外の世界の貴族とも接触を図り、体制の破壊を目指した……というわけだね、ユートくん」

「はい、その通りです。正直、漆黒の魔鋼兵マギアゾルダが出て来た時は心底驚きましたけど、みんなで協力して撃破することが出来ました」

魔鋼兵撃破の話を聞いて、シウルさんはドン引きといった感じだ。

「そのとんでもない計画と魔鋼兵を潰して来たのがユートなのね……」

「いやぁ、みんなの力を借りて何とか……ですよ。死人を出さずに済んだのは良かったです」

「まっ、ユートのことだから何かしらのトラブルに巻き込まれるとは思ってたけど、まさかここまで大事《おおごと》になっているなんて……。キルトさんは想定してましたか？」

シウルさんの問いに、キルトさんは苦笑いで答えた。

「いや、流石にこれは予想外過ぎだね。新種の魔獣に襲われるとか、レースのライバルにとんでもない妨害を受けるくらいは想像してたけど、まさか魔鋼兵まで登場して来るとはねぇ……」

キルトさんは『クライム・オブ・ヒーメル』への参加経験がない。

ゆえに、ヒーメル山に古代の遺物が眠っていたことすら知らなかったのかも……。

「でも、そこで魔鋼兵を返り討ちにして無事に帰って来るところは流石だね。ユートくんも、ロックちゃんも、いつもいつも本当に頑張っているよ」

「いやぁ～、それほどでも！」

「ク～！」

「しかも、ただ計画を潰すだけじゃなくて首謀者《しゅぼうしゃ》や貴族の子を改心させ、ジューネ族と王国の関係を保ったのもすごいことだよ。ただ力が強いだけじゃこうはならない。ユートくんとロックちゃんだからこそ成し遂げられたことだって私は思う」

キルトさんは俺とテーブルに乗ったロックの頭を撫でる。

大きな手だ……。この手に触れられているとすごい安心感を覚える。

「ありがとうございます。でも、成し遂げたと言うには、まだやり残したことがあります」

「国王に謁見し、天陽石を献上して勲章を授かる……。さらに今回はヒーメル山の環境の変化を訴え、来年からの『クライム・オブ・ヒーメル』に変更を加えてもらう必要もあるんだよね」

「はい、そこまでやって1つの区切りだと思っています」

よし、これで俺が伝えるべきことは伝えられたかな。

「……では、我々も少し話させてもらおうか」

そう切り出したのはフゥだ。

「ユートの話の最中に軽く挨拶はしたが、改めて私はフゥ・ジューネ。ジューネ族族長の娘だ。

ユートは1人で問題を解決出来ると思い上がってた私を止めてくれた。おかげで、今もこうして生きていられるので……大変感謝している」

「私はジューネ族の族長のソル・ジューネ。ユート殿とロック殿には親子ともども命を救ってもらった。いや、それだけでなく我々ジューネ族の未来を救ってくれた！　これは言葉では言い表せないほどの恩だ。今一度感謝させてほしい！　ありがとう……！」

深々と頭を下げる親子……その気持ちはありがたい。

しかし、頭を下げられ慣れてない俺はやっぱりそわそわしてしまうな。

「よろしければ、ユート殿のお仲間の名も教えていただきたい！」

頭を上げた族長はそう言って、シウルさんとキルトさんを見た。

「えっ、私？　そ、そうねぇ……私の名前はシウル・トゥルーデル……です。最近ギルドに入ったばっかりで、今は冒険者としても人としても勉強中の身です。あっ、私もユートに命を救われてここにいるのは一緒です……ね！」

「私はキルト・キルシュトルテ。ギルド『キルトのギルド』のギルドマスターのキルトです……と言ってもマスターとしては駆け出しで、人に誇れることと言ったらちょっとばかり強いことぐらいです。私もみんなと一緒に日々勉強中ですね」

ちょっとばかり強い……か。ずいぶんと控えめな挨拶だ……！

俺が苦笑いしていると、フゥはおずおずとキルトさんに近づき、その顔を見上げた。

「もしかして、そなたがユートの言っていた『俺より強い人』なのか？」

フゥが言った言葉は、俺が山頂でヴィルケに言った『この世界には俺よりも強い人がいくらでもいる』という言葉から取ったものだろう。

あの時に思い浮かべていた人は……もちろんキルトさんだ。

「ふふふ……きっとそうだね」

「そなたにとって魔鋼兵など雑兵《ぞうひょう》に過ぎないのか？」

「うん、今のユートくんに倒せる程度の魔鋼兵なら私の敵じゃないな」

「おお……言うではないか……！」

フゥの視線はどこか挑戦的な雰囲気がある。

本当かどうか、まだ完全には信じていない様子だ。

まあ、俺も初対面でキルトさんの強さは見抜けなかったからなぁ～。

……なんて、昔を懐かしんでいる場合じゃない。

さっき自分で言った通り、俺たちにはまだやり残したことがあるんだ。

「キルトさん、新国王の情報って……出回ってますか？」

「うん、今朝出たばかりだけどね」

フゥと族長の間に緊張が走る。誰が王になったのか、それによって彼らの今後が決まる。

「新たな国王はどんな人なんでしょうか……？」

「明かされた情報は『ラコリィナ・バーム・ヘンゼル』という名前だけ。でも、私はそんな名前の人物が王家にいるなんて知らなかった。だから、いろいろ調べたんだけど……グランドマスターも知らないって言ってるんだよねぇ～……」

「えっ、グランドマスターも!?　そんなことあるんですか!?」

「グランドマスターともなれば王家のことに詳《くわ》しいし、内部情報を流してもらえるパイプも持っているって豪語《ごうご》してたけど……今回はダメだったみたい。前国王陛下がどうして亡くなったのかも、結局まだわかっていないんだ」

「じゃあ、本当に突然現れた謎の人物が王になったってことですか……？」

「まあ、そういうことになっちゃうかな……。でも、クーデターによって王家が滅ぼされて、まったく関係ない人物が王になってる可能性は低いと思う。そこまでの大事なら流石に情報が漏れるよ。まあ、順当に第一王子が即位してないあたり、何かあった可能性はかなり高いけど……ね」

「あ、あははは……っ！」

笑うしかない……！　これから王城に出向いて謎の新国王に会おうって時に、クーデターなんて単語は聞きたくなかったなぁ……！

可能性は低いと言われても、想像しちゃうから！

「私もついて行ってあげたいけど、城内の謁見の間となれば付き添いなんて理由じゃ入れてもらえないんだよね……」

「大丈夫です！　俺と族長で何とか切り抜けてきますから！　もうこうなったら、まだ人前に現れない新国王の顔をこの目に焼きつけてきますよ！　ねっ？　族長さん！」

「お、おお……っ！　私はユート殿がいれば安心だ……！　もしもの時は頼みますぞ……！」

族長……馬車に乗っていた時よりさらに緊張してるな……。

もっと楽な状況で話をさせてあげたかったけれど、これがヘンゼル王国の現状だ。

試練と思って乗り越えてもらうしかない！

「では、そろそろ……行ってきます！」

フゥをギルドに残し、俺とロックと族長は王都の中心――王族の住む「キルン城」に向かった。

キルン城の歴史は古いらしいが、俺はよく知らない。

ただ、ゴテゴテとした装飾が少なく、シンプルかつ洗練された外観には惹《ひ》かれるものがある。

王都の中心街からは王城がよく見えたので、たまにボーッと眺めていたのを覚えている。

もちろん、王城に通じる橋の位置もバッチリ把握している。

王城は立派な堀《ほり》に囲まれているから、中に入るにはこの橋を使うか空でも飛ぶかの二択だ。

「すみません、『クライム・オブ・ヒーメル』の優勝者として、天陽石を国王陛下に献上しに参りました」

橋の前に立っている衛兵に話しかけ、優勝を証明する手形を見せる。

これはジューネ族が持つ魔法技術で作られた札で、同じものは存在しない。

その年の優勝者のみに与えられ、優勝者が持たねば文字が消えてしまう仕様だ。

おかげで誰かに盗まれても、この手形を悪用されることはない。

そんなすごいお札を見せられた衛兵は、明らかに困った表情を浮かべて言った。

「う、うーむ、そうか……そんな季節だったなぁ……。これは通すべきなんだろうが……。おいっ、どうするよ？」

衛兵は２人１組だ。

関わりたくなさそうにしていた隣の衛兵は、同僚《どうりょう》に小突《こづ》かれて仕方なく答える。

「こういう時は自己判断すること自体が間違い……。あの方にお伺いを立てる」

衛兵の1人が小走りで城の方へ向かった。

「あはは……しばしお待ちを。ちょっとごたついてましてね……」

それから10分くらい経って衛兵が戻って来た。

まあ、城の中って広そうだし、走ってもそれくらいの時間はかかるのかも。

「謁見の間に通せ……とのことだ。これに関しては例年通りやるのだろう。ジューネ族との友好関係に関わるから……って、こちらの方はジューネ族では？」

衛兵たちは族長をまじまじと見つめる。

「いかにも私はジューネ族族長ソル・ジューネだ。この度は国王陛下に折り入ってご相談したいことがあり参った次第だ」

衛兵たちはまたもや困った様子で顔を見合わせ、コソコソ相談を始めた。

「うーむ、先に言ってほしかったなぁ……。ついでにそのことも聞けたのに……」

「もう一度走るか？　それとも通すか？」

「……通すか。通していいとは言われたし、ジューネ族ならレースの関係者だろう」

「よし……！」

衛兵たちはこちらに向き直り、にこやかに言った。

「「どうぞ、お通りください！」」

「あ、ありがとうございます」

なんか適当な仕事を目《ま》の当《あ》たりにしたが、俺たちとしては都合がいい。

遠慮せずにずかずかと王城の中に入って行く。

その後は案内役の兵士に導かれ、巨大で荘厳《そうごん》な扉の前までやって来た。

「この扉の向こうが謁見の間になります。細かな作法などを気にする必要はありませんが、くれぐれも国王陛下に無礼のないように……」

「は、はい……！」

扉の前に立っていた兵士が両開きの扉を開け放つ。

その先には赤い絨毯《じゅうたん》が真っすぐに敷かれ、まるで「ここだけを歩け」と俺たちに命令しているようだった。

俺と族長は引っ張られるように絨毯の上を歩き、その先の玉座で待ち構える国王の前へと……。

「ユート……？　あなたユートだよね!?　ユート・ドライグッ！　顔を上げなさいっ！」

「は、はいっ！　申し訳ございませんっ！」

プレッシャーに負けて足元の絨毯ばかり見ていた俺は、名前を呼ばれて顔を上げる。

しまった……！　いきなり国王の心証を悪くしてしまった……！

「やっぱり！　ユートなんだね……っ！」

「えっと……え？　リ、リィナじゃないか！　そんなところで何してるんだ！」

「ユート！　ユート！」

玉座に座る新たな国王――それは同じ家で育った妹のような存在……リィナだった！

ノーデンズにいた時からずっと考えていた「新しい国王は誰なのか」という疑問には、あまりにも予想外な答えが用意されていた。

そして、今度はなぜリィナが国王なのかという疑問の答えを求めることで、ヘンゼル王国の行く末を左右する「とある事件」に触れることになるなんて……当然、この時の俺は知る由もなかった。

閑話　ノーデンズ大探検

TEGIREKIN
GAWARINI WATASARETA
TOKAGE NO TAMAGO, JITSUHA
DRAGON DATTAKEN

想定外の争いを切り抜けてクライム・オブ・ヒーメルを制し、山を下りて最北の街ノーデンズに戻って来た俺にもたらされたのは……国王崩御の情報だった。

それを伝えに部屋まで来てくれたラヴランスことラヴィとの話を終え、ロイヤルスイートルームの無駄にキラキラした扉を閉めた俺はしばらく立ち尽くしていた。

次の国王がどんな人物なのか不明……。

それはこれから国王に天陽石を献上し、勲章を授与してもらう俺はもちろんのこと、王国とジューネ族の関係を話し合いに行く族長にとっても良い話とは言えない。

いくら考えても、謁見するまで答えが出ないのはわかっているが……考えてしまう。

次の国王は誰なのか？　その人物は話が通じるのか？　そして、最悪の場合のことも……。

「ユート、話は終わったか？」

ふかふかのベッドに寝転がっていたフゥが話しかけてくる。

「ああ……。ジューネ族にとって、あまりいい話ではなかったけど……」

「私も聞いていた。国王が高齢というのは知っていたが、まさかこうもいろいろ重なるとはな」

まったくだ……と心の中でぼやく。

ジューネ族の前族長……つまり、フゥのお爺さんもクライム・オブ・ヒーメルの直前に亡くなって、それがヴィルケの反乱のきっかけになった。

まあ、いずれヴィルケは行動を起こしていただろうし、その場に俺とロックが居合わせたのは、結果的に幸運と言えるんだろうけど……。

「まあまあ、思い悩んだところでしょうがないではないか。ここは前向きに考えるのだ。新たな国王への挨拶も同時にこなせてラッキーとな！」

「確かにそういう考え方も出来るけど……」

「人が不死でない限り、王も必ず代わるのだ。早い段階で新たな王に直接会い、その資質を見極められる機会に恵まれただけのこと……だろう？」

山頂での戦いを生き抜き、背負っていた使命という荷物を下ろして少女らしさを見せるようになったフゥは、同時に大人っぽい余裕も見せるようになった。

なかなか割り切れるものではないけれど……悩んでいても仕方ないのは確かだな。

「うん、フゥの言う通りだ。俺と族長で新しい王を見極めるとしよう。そして、実際に国王に会う時までは、あまり悩まないようにするよ」

「うむうむ、それが正解だ。父様が同胞たちとの話し合いを終え、このノーデンズにやって来るまでは、せいぜいこの街で楽しく過ごそうではないか」

そう言うとフゥはベッドから起き上がった。

「まずは……このロイヤルスイートにある、満点の星空が見えるというジェットバスだな。ただのバスではなくジェットだぞ、ジェット！　浴槽に仕込まれた魔動装置で泡を発生させるらしい！」

「へー、それは気持ち良さそうだな～」

最初にこのホテルに来た時、ロイヤルスイートのサービス説明でそんなことを聞いた気がするが……その後、ラヴィに部屋を取られて記憶がおぼろげだ。

「私が先に入っても構わんか？」

「もちろん。俺はその間に登山で使った服の洗濯《せんたく》をホテルにお願いするよ。なんでも、このホテルにはジューネ族から購入した魔動洗濯機ってのがあるらしいからね」

「ああ、あれか。実際、人の手を使わずに服の汚れを取れる優れものだ。私の服はまた私の方で洗いに出すから、ユートは気にしなくていいぞ」

「わかった。まあ、女性の服に勝手に触ったりはしないけどね」

「ふふっ、これは杞憂《きゆう》だったな。では、私はひとっ風呂浴びてくるとしよう」

そう言ってフゥは脱衣所へ入って行った。

……と思ったら、ひょっこりと頭だけをこちらに出して、ニヤリと笑った。

「良かったら、一緒に入るか？」

一瞬意味がわからなかった俺だが、すぐに手をぶんぶん振って否定した。

「いや、流石にそれは……マズいんじゃないかな!?」

「くく……っ！　冗談だ、冗談！　私は1人で風呂に入れる歳だ。まあ、ロックは一緒に入る気満々のようだがな」

「クゥ！　クゥ！」

脱衣所の方からロックの声が聞こえて来る。

おそらくは泡が出るというジェットバスに興味津々なんだな。

「じゃ、じゃあ、２人でゆっくりどうぞ。ロックは水も平気だから安心して」

「ああ、了解した」

今度こそフゥは脱衣所の扉を閉め、顔を出して来ることはなかった。

「……生意気というより、ませてるというべきかな。なかなか、からかってくるじゃないか」

まっ、俺を驚かせた後のフゥの楽しそうな笑顔に免じて許してあげよう。

「さあ、２人が上がって来るまでに洗濯を依頼しておかないと……」

共に山岳レースを戦い抜いたリュックから、勲章とも言える汚れた服を取り出していく。

◇　◇　◇

「さて、存分に笑ったので風呂に入ろう。もたもたしてると眠くなってくる……」

脱衣所でパッパッと服を脱ぎ、カゴに入れていくフゥ。

保温性に優れたジューネ族の服を脱ぐと、脱衣所の中は少々肌寒く感じられた。

フゥはバスタオルを１枚体に巻き、浴室の中へと入って行く。

「ほう……天井と壁のほとんどがガラス張りとはな」

ロイヤルスイートの浴室は、街の夜景と満点の星空が見えるように、継ぎ目のない大きなガラスが使われていた。

そのガラスを支える枠として石の柱は存在するが、それでもガラスから見える景色の範囲は広く、まるで露天《ろてん》風呂のような気分を味わえる。

「ノーデンズはガラス加工業が盛んと聞いていたが、これほどまでとは……。曇りも反射もほとんどなく、まるで何にも遮られずに外を見ているようだ」

フゥはしばらく大きな天窓を見上げていた。

天井一杯に広がる円形のガラスの向こうには、丸く切り取られた星空が見える。

山の近くに住んでいるフゥにとって星空は見慣れたものだが、風呂に入りながらというのは特別な体験なのだ。

「このガラスの一番すごいところは断熱だな」

星空から目を離し、シャワーで体を洗いながらフゥはつぶやいた。

極寒の北の大地で露天風呂に入るのは厳しい。湯に浸《つ》かっている間はいいが、入る前と出る時、そして体を洗っている時は地獄《じごく》だ。

特に出る時は一瞬で体の熱が奪い取られるので、風邪を引くリスクすらある。

だから、この街の高いガラス加工技術で作り出された風呂の価値は大きい。

「クー！　クー！」

「ん？　どうしたのだ、ロック」

ロックは浴槽に張られた湯を全身で指し示す。

「ああ……全然泡が出ていないではないかと？」

「クゥッ！」

食い気味に返事をするロックに、「完全に人語を理解しているな……」と思うフゥだった。

「泡を生み出しジェットを体感するには、スイッチを押す必要があるのだ。普通の風呂として入りたい客もおるだろうから、切り替え式になっている。ほれ、ここを押すと……！」

ぶくぶくぶくぶくぶく……ッ！

大の大人が3人くらい余裕で入れそうな広い浴槽に泡が満ちる。

それをロックは目を輝かせながら見ていた。

『キルトのギルド』にも浴槽はあるが、それは1人用で泡も出ない。

この光景はロックにとって初めて見るものだった。

「クゥ～！」

ロックはぴょんと湯の中に飛び込んだ。

そして、その小さな体は噴き出す泡に揺られて右へ左へと絶え間なく流されていく。

「おおっ、まるで洗濯されているようだな」

体を洗い終えたフゥも泡立つ湯船の中に体を預ける。

彼女の体も軽いので、泡の勢いに全身が押し戻されるような感覚を覚えた。

「うおお……ッ!? なんだか、これは妙な浮遊感……？ 気持ち良いといえば気持ち良いが……落ち着かない感じもある……！」

しばらく泡に揺られるロックとフゥだったが、なかなか落ち着かないフゥの方が泡を一旦止めようとボタンに手を伸ばした。

「クゥ！ クゥ！」

ロックはその腕に抱き着いた。「泡を止めないで」と言っているのは明白だった。

「む、むぅ……。では、もう少しだけ……」

全身で泡を感じながら夜景や星空を見上げていると、体の方も慣れてくる。

ロックも少し落ち着いて、フゥと同じように景色を楽しんでいた。

「ロック……そなたは強いが、まだ生まれたばかりのドラゴンらしいな」

「クゥ！」

「では、こんな夜景や星空もまだまだ見慣れていないということか」

「クゥ！」

ロックはうんうんとうなずく。

王都に住んではいるが、その夜景を高いところから見下ろしたことはない。

それに王都の星空は空気が澄《す》んでいるノーデンズほど輝いてはいない。

今見ている景色は、どちらもロックにとって新鮮なものだ。

「私もまだまだ世界を知らん。この街だけでも、あまりに広大に思えるのだ。それは山の広大さとはまた違う、人の世界の広さ……」

フゥは視線を落とし、自分の手のひらを見つめる。

「正直、自分はすでに強い人間になれていると思っていた。魔法も体術も、村の同年代の者たちよりはずっと優れていた。だが、世界は広かった……。いや、それどころか普段暮らしていた村や眺めている山の中に隠されたものにすら気づけていなかった」

「クー？」

「ヴィルケは間違った行動を起こしたが、古代技術の研究開発には目を見張るものがある。マギアガンを自分で組み上げて満足していた私とは格が違う。いざという時、あの魔鋼兵たちは我々を守る大きな戦力になるだろう」

フゥは少し悔しそうな表情を浮かべた。

「戦闘能力や精神面ではユートの方がよほど立派だった。おかげで、今もこうして生きていられる。もちろん、ロックのドラゴンとしての能力にも大いに助けられた。1人で山を登り切れると思っていたあの時の私が恥ずかしい。自分の前にそびえる実力の限界という壁が見えてもいなかった」

自嘲気味に笑うフゥ。何でもやれば出来ると思っていたあの頃の自信は、命を懸けた戦いの中で薄れてしまった。

今の彼女の中にあるのは、自分も彼らのように強くなれるだろうか……という疑いの心。

それを察したのかどうかはわからないが、ロックは不意に浴槽から出て、浴室のタイルの上を歩き始めた。

そして、翼を動かしてふらふら～と飛んだ後、びたんっとタイルの上にお腹から落ちた。

「だ、大丈夫か……？」

「クゥ！」

ロックにとって、この程度はまったくダメージにはならない。

今度はバサバサと翼を羽ばたかせ、天井のガラス付近を飛び始めた。

まるで星空を飛び回っているようなロックを見て、フゥはその意図を察した。

「なるほど……。そなたは自分だって最初は飛べなかったと言いたいのだな」

「クゥ！　クゥ！」

言いたいことが伝わったからか、ロックは再び湯の中に入り、泡を全身で感じ始めた。

ヴィルケも最初から魔鋼兵を新造出来るほどの技術力があったわけではないだろう。

ユートに至っては、今の彼の姿からは想像出来ないほど、何もない状態が少し前まで続いていた。

「結局は積み重ねていくしかないということか。伝説の魔獣ドラゴンですら、そうだったように」

フゥは目を閉じ、思案を巡らせる。その表情に悔しさはもうない。

「ロックのおかげで霧が晴れたような気分だ。感謝する。そなたは賢いな」

「クー！」

ロックは自信ありげにうなずく。「その通りだ」と言っているのだ。

フゥはそんなロックの姿を見て微笑むと同時に、強烈な眠気を感じ始めた。

「むぅ……ホッとしたら眠気が……。私はそろそろ上がるが、ロックはどうする？」

「クー！」

「そうか、もう少し浸かっているのだな。なら、ユートと一緒に入るといい」

ロックの言いたいことが何となく察せるようになったフゥ。

浴室から出た彼女は体を拭き、ホテル側が用意していたパジャマを着込んだ。

「ユートに用意された男物は少々……いや、かなりサイズが合わんな。後でホテルのスタッフに子ども用を貰おう」

パジャマには予備があるため、ユートが裸《はだか》で寝ることにはならない。

とりあえず、パジャマの裾《すそ》を折るなどしてからフゥは脱衣所から出た。

◇　◇　◇

「うわっ、天井に穴が⁉　じゃなくて……これはガラス⁉」

浴室に入って来たユートは、フゥ以上に大きなリアクションを取った。

星空を見上げながらすでに濡れているタイルの上を歩くものだから、危うく足を滑らせ体を打ちつけてしまうところだった。

「あ、あぶないあぶない……。せっかく無事に山を下りて来たのに、ここで怪我したら残念過ぎる。それに裸のまま病院まで担《かつ》ぎ込《こ》まれちゃうところだった……」

その後は落ち着いて体を洗い、足元を見ながら浴槽に入った。

「ふぅ～！　限界まで酷使した体にこれは効くなぁ～！」

過酷な登山と戦闘、そして寒さを耐え抜いて来た肉体にとって、風呂はまさに極楽《ごくらく》だった。

景色を楽しむというよりは、ひたすら肉体を癒《いや》すユート。

そんな彼の口からロックに語られたのは、フゥがいかに優れた人物かということだった。

「12歳の時、俺は実家の仕事の手伝いくらいしかしてなかったよ。魔法もダメ、体術もまだまだ、将来のことなんて漠然と王都に行って成功したいってくらいだった。でも、フゥは自分のすべきことがわかってるんだ。言動だけじゃなく、行動も大人っぽいなぁ」

褒める言葉は人柄だけでなく、戦い方にまで及ぶ。

「自分で魔法道具を作るなんてすごいよね。マギアガンもアタッチメントも自分に合わせて設計されてるんだ。それに魔法も洗練されてる。広範囲に及ぶ派手な魔法は苦手らしいけど、その分魔法の練り込みというか、コントロールが上手い。だから、ソリとかスキーも氷で作れたんだ」

「クゥ！　クゥ！」

ロックはうなずきながらユートの話を聞いていた。

隣の芝生《しばふ》は青く見えるという言葉がある。他人のものは良いものに見えるという意味だ。

逆に言えば、どれほど自分に自信がなかったとしても、それが誰かにとって羨ましいほど良いものに見えることもある……ということ。

他人と比べて自分を卑下《ひげ》することなく、逆に他人を見下して傲慢になることもなく、良いところを認め合い、悪いところを直していけば、いつか目指す場所にたどり着ける……なんて難しいことをロックは考えていないだろう。

ただ、ユートとフゥの言葉をロックが真剣に聞いてたことだけは確かだった。

しばらくすると、ユートもフゥのように眠気に襲われ入浴を終えた。

「気持ちいいから、のぼせるまで入っちゃいそうだったよ」

「ク～！」

「はは、ロックは流石だな。あのくらいの温度なら長く浸かっててものぼせないか」

「クゥ！」

「そうだな、風呂の後はご飯にしよう。山に持ち込める食料は少なかったから、登山中ロックにはご飯を我慢してもらったもんな。その分、今日はたくさん食べよう！」

「クゥ～！」

体を拭いてホテルの白いパジャマを着たユートは脱衣所を出る。

「フゥ、待たせてごめん。ご飯にしようか……」

ユートは声のトーンを落とす。

ロイヤルスイートルームは壁が少なく、広く開放的な空間に家具が配置されている。なので、脱衣所を出てすぐにユートは、フゥがベッドで寝ていることに気が付いた。

「あれだけ頑張った後だもんな……。そりゃ、待たされてる間に眠くなるか」

静かに寝息を立てるフゥにそっと布団をかけるユート。

この状態の彼女を起こすのは酷《こく》というものだろう。

「ロック、フゥを見ててくれ。俺はルームサービスを注文してくる」

「クゥ……！」

少し小さな声で返事をするロック。

流石に空腹では寝付けない。とはいえ、フゥを1人で置いて外食するわけにもいかない。

ルームサービスで食べ物を部屋まで持って来てもらい、ベッドから離れた位置のテーブルで、静かにディナーを楽しむことになった。

「美味い……眠い……美味い……でも、眠い……！」

4日に及ぶ登山レースと想定外の戦闘で、ユートの体は疲労のピークに達していた。

半分寝ぼけながら料理を口に運ぶユートは、熱いスープなどが舌に触れるたびにその熱さでビクッと驚き、まどろむ意識を覚醒《かくせい》させていた。

それに対して、ロックは元気いっぱいにバクバク料理を頬張っていた。

「クゥ、クゥ、クゥ～！」

クライム・オブ・ヒーメル優勝の喜びをロックは感じていた。

ジューネ族内での対立や王国との関係はロックには理解出来ない。

それでも、１つのことを成し遂げた達成感はある。

あの神聖な山での冒険は、ロックの身も心も大きく成長させた。

「う……うん……。全部食べてくれてありがとう……ロック……。俺は寝るよ……」

ホテルスタッフを呼んで皿を片付けてもらう気力もないユートは、ふらつきながらフゥの隣のベッドにダイブした。そして、ものの数秒で寝息を立て始めた。

ユートもまた今回の経験で大きく成長しているが、それに気づくのはまだ先の話……。

今はただただ体を休めるため、糸の切れた人形のように体を投げ出して眠るだけだ。

ロックも大きなあくびをした後、ユートの隣で眠ることにした。

「クゥ……クゥ……」

◇　◇　◇

翌朝――俺は目が覚めているのに、体は動かないという現象に遭遇した。

これは体の疲労が抜け切っていないまま、意識だけが目覚めたということ……。

というか、昨日どうやってベッドまで来たのか、そこの記憶すら曖昧《あいまい》だ。

目だけを動かして左右を見ると、隣のベッドにフゥの姿はなかった。

「おはよう、ユート。案外早いお目覚めだな」

俺の視界の外から話しかけて来たのはフゥだ。

「ああ、おはよう……フゥ。そっちは思ったより元気そうだね」

「ユートたちより先に寝てしまったからな。長く寝た分、疲労も回復している。あと、食べてすぐ寝ていないというのも、体調に関係あるかもしれん」

フゥは俺たちだけでディナーを食べたことを知っている。

まあ、食器を片付けてもらった覚えがないから、知られて当然ではあるが……。

「その……ぐっすり寝てたもんだから、起こしたら悪いかなって……」

「ああ、それは気にしておらんぞ。寝てしまった私が悪いし、あの時は食欲より睡眠欲が優先されただけだ。それに朝食は取らせてもらったからな」

話しているうちに体が動き始めた。上体を起こすと、ベッドの近くでホットサンドを立ち食いしているフゥが目に入った。

「ふふっ、行儀が悪かろう？」

「まあ、たまにはそういうのも必要さ」

新鮮な野菜と何枚も重ねられたハムが入ったホットサンドは美味しそうだが、昨日食べてすぐ寝た俺の内臓はまだまだ寝ぼけている感じだ。

気合を入れてベッドから起き上がり、軽くストレッチを行う。

「うん、だいぶ体も目覚めて来たな……。そういえば、ロックは……」

「クー！」

ロックはテーブルの上でフゥと同じホットサンドを食べていた。

器用に2本の前足で掴んで食べる様子は、何だか上品に見える。

「ユート、今日は何か予定があるか？」

「予定は……ないな」

族長が話し合いを終えてノーデンズに来るまで待機というのは確定だけど、待機中にやることってそういえばない。

「なら、一緒に街に繰り出さないか？　せっかく最北の街まで来たというのに、ずっとホテルの中に閉じこもっているのももったいないだろう？」

「それは確かに」

だが、俺の体から疲労は抜け切っていない……。筋肉痛もある……。

このまま二度寝するというのも、抗いがたい魅力的な選択だ……。

でも、族長と合流して王都に帰ったら、しばらくこの街には来ないだろう。

せっかく与えられた自由な時間……楽しまないのは損だ。

それにずっとジューネ族の村で暮らして来たフゥにとって、ノーデンズは初めての場所なんだ。

1人でウロウロさせるのは、信じて預けてくれた族長に悪い。

「……よし、行こうじゃないか！」

「うむ、そう来なくてはな！」

「ク〜！」

体は俺の意思に逆らって休みたがっているが、根性で支度を進める。

街中でも寒いのでしっかりコートを着込む。フゥも保温性に優れるジューネの服を着ている。俺たちの服は登山の時と大差ないが、重い荷物をホテルに置いていけるのはありがたい。

ここはセキュリティもしっかりしているらしいからな。

まあ、流石に金銭と冒険者のライセンスカードは持っていくけどね。

「準備が出来たら行くぞ！　私はこの街で見たいものがあるし、食べたいものもあるのだ！」

「ああ、俺たちはフゥについて行くよ」

「クゥ！」

部屋のカギを締め、俺たちはホテルの1階へ降りる。

エントランスはなかなかの盛況っぷりで、フロントには人が並んでいた。

「ノーデンズはまああの観光地らしいぞ。治安も他と比べれば良いと聞く」

「うん。ヘンゼル王国の南北は平和な方で、東西はちょっと荒れてるんだよね。俺は南の出身だから、のほほんと暮らして来たけど」

「私も似たようなものだ。大事に育てられたのだと今ならわかる」

エントランスからホテルの外に出ると、冷たい風が頬を撫でた。

ホテルの中はやはり暖かくしてあったんだなぁ……！

「ゆくぞ、ユート！」

「う、うん……」

フゥは街の地図らしきものを手に入れており、それとにらめっこしながら進む。

ロックはその地図が気になるのか、フゥの肩に乗って一緒にそれを覗き込んでいる。

そして、俺は周囲を警戒しながら街を歩く。

治安が良いと言っても、絶対に安全というわけではないからな。

「冒険者や観光客、この街が地元っぽい人たち……かなり賑わってるなぁ」

フゥに導かれてやって来た大通り。そこには人の流れが出来ていた。

彼らの目当ては、この通りに立ち並ぶ様々なお店。

どの店も通りに面した壁には大きなガラスが使われており、外からでも商品をチェック出来る構造になっているんだ。

この街で着るには少々寒そう……だけどオシャレな洋服。

細部までこだわってデザインされたアンティーク。

とても手を出せそうにない宝石があしらわれたアクセサリー。

ありとあらゆる商品を、歩きながら眺めていく。

「やっぱり、ノーデンズはガラスの街なんだね。各店舗がこれだけガラスを取り入れるなんて」

「王都にはこのような店舗は存在しないのか？」

「まあ、一部店舗は取り入れてるね。でも、これだけズラッと並んでいる通りはないよ」

俺とロック、フゥは人の流れに交じって歩きながら、気になる店には入ってみる。

そんな中で、俺はこの街でやらなければならないことを思い出した。

「そうだ、お土産を買って帰らないと！」

ギルドで待っているキルトさんとシウルさんに、何かこの街らしいものを買って帰りたい。

優勝して天陽石を持ち帰ることが一番のお土産なのはわかっているし、別に何かを買って帰らないと怒るような人たちではないのも知っている。

だけど、これだけいろんな商品を見ると、何かしら買って帰りたい気持ちになる。

「ユートの同僚はどんな者たちなのだ？」

「えっと、1人は山頂でも話したS級のギルドマスターで、優しくて強い人なんだけど……それ以外のことはまだよくわかってないんだ」

「な、何だそれは……。得体の知れない人物ということか……？」

「得体の知れないというか、底知れない人って感じかな。まだ彼女の本当の力を俺たちは知らない……みたいな？　実はいつ寝てるのかもわからないし、趣味とか生い立ちも知らないんだ。昔、グランドギルドっていう、すべてのギルドを管轄する組織に所属していたことは確かみたいだけど」

「むぅ……。他にはどんな者がおるのだ？」

「他には……というか、うちのギルドは俺とロック以外2人しか所属してないんだけど……」

「つまり、ロックを人数に含めても4人か!?　それでギルドが回るのか？」

「まあ、何とか回してるよ。人気ギルドじゃないから、たくさん依頼が来るわけじゃないからね。それでもう1人のメンバーは、かつて俺が所属していた『黒の雷霆』から移籍して来た人なんだ」

「ほう、かつての同僚と同じギルドで働いているということだな。それならば、仕事をやる上での連携も取りやすかろう」

「それが……前のギルドにいた時はあんまり仲が良くなくてね……。というか、まあまあ嫌われてたというか……。でも、今はお互いのことを理解して、かなり連携も取れるようになったよ。まだちょっと探り探りなところもあるけどね」

　俺が笑顔でそう説明したところ、フゥは露骨に顔をしかめた。

「ユート……お前の職場は大丈夫なのか……？」

その表情は不信感を隠そうともしない。眉間にしわを寄せ、口は何か言いたげに開いている。

「いやいや！　本当に2人とも良い人なんだって！　俺の説明の仕方が悪いというか、事情が複雑なのもあるけど、会ってみたらフゥも絶対仲良くなるって！」

「まあ、ユートがそう言うなら信じてみようと思うが……。今の話を聞いた限りでは、何を土産にしていいかまったく見当がつかんな」

「それは……その通りだね」

服やアクセサリーは知識のない俺に手が出せるものではない。

それにキルトさんはあまりそういうものに興味がなさそうだし、逆にシウルさんは詳しそうだから、中途半端なものは渡せない。

小物や雑貨は無難そうに見えて、部屋の場所を取るだけになってしまわないか心配だ。

一体、何を選べばいいのやら……。それでも、何も買わないという選択肢はない……。

そんな風に頭をフル回転させながら通りを歩く俺の前に、木製の食器を売っているお店が現れた。

「これはもしや……これかもしれない……！」

木材から作られた皿やお椀《わん》からは独特の温かみが感じられる。

それに、使われている木材は寒冷地に生える白っぽい樹木で、どこか清潔感もある。

表面は特殊な樹脂《じゅし》でコーティングされているらしく、汚れや水分を弾いて食器を長持ちさせるとのことだ。

「ふむ、確かに食器は実用的だし、この白い木材は北の大地の寒さを感じさせる。それに王都ではなかなか手に入らなさそうでもある。良い選択ではないか？」

フゥが食器を手に取りながら言う。

「ああ、もちろんそれも良いところだけど、この皿がお土産にピッタリの理由は……陶器《とうき》の皿と違ってそう簡単に割れないからさ！」

「なるほど、ノーデンズから王都までは距離があるし、陶器の食器だと馬車に揺られている間に割れてしまうかもしれんな。それに木製の方が軽くて……」

「いや、それもあるけど違うんだ。ギルドでは俺が料理を担当することが多くて、女性陣2人は後片づけを担当している。しかしねぇ……なかなか不器用な2人は皿を割ることが多いんだ……」

「なっ……！　その者たちは皿も洗えんのか……!?」

「いや、毎回毎回割るわけじゃないけど……そこそこ割ってるんだ。人には得意不得意があるし、皿洗いが苦手でもいいと思う。代わりにキルトさんは強いし、シウルさんは魔獣の知識があって絵も上手い。だけど、この木製の食器なら多少力加減を間違えたり、落としたりしても割れそうにない。割るたびに申し訳なさそうな顔をする2人を見なくていいんだ！」

そこまで話して俺はハッとした。

これでは2人に対するフゥの不信感が増すだけだ……と。

しかし、意外にもフゥはその話を興味深そうに聞いていた。

「その家事が苦手そうな感じ……親近感が湧くな」

「あ、そう？　それは良かった……のかな？」

「うむ、何を隠そう……私も家事などあまりやったことがないからな。掃除、洗濯、炊事……どれも家の使用人たちがやってくれている」

そりゃそうか……。だって、族長の娘さんだもんな……。

「でも、山ではご飯を作ってくれたじゃないか」

「ただ缶詰を温める。ただ飯盒に決められた米と水を入れて、ただ決められた時間熱して待つ。そのくらいのことは出来る。あと、経験はないが皿洗いには自信がある。手先は器用な方だからな！」

「あ、あはは……！　やっぱり、フゥは俺のギルドの仲間たちと気が合いそうだよ……！」

何はともあれ、お土産は決まった。

白い木製の皿やお椀、その他の食器も人数分と予備を買い揃え、店員さんに包んでもらう。

その最中に木製の食器の頑丈さについて尋ねたけれど……やはり陶器よりはずっと頑丈だそうだ。

「これで食後に食器が割れる音とキルトさんたちの悲鳴を聞くことがなくなるかもね」

「クゥ！」

これは間違いないお土産を選んだなぁと胸を張って店を後にする。

ただ、この食器たちに巡り合うまでになかなか時間がかかった。

現在、時刻は正午を過ぎて昼下がりになっていた。

「フゥは食べたいものがあるって言ってたのに、遅い時間になっちゃってごめん……」

「なに、気にすることはない。私が行きたい店は人気店でな。元々人が多い昼時を少し過ぎてから行こうと決めておったのだ。それに誰かを想って土産を選ぶというのは大切だし、私にとっても楽しい時間だったぞ」

「そう言ってくれると助かるよ」

「とりあえず、その土産をホテルに置きに行こうではないか。軽い食器と言っても何枚も重なっていれば重い。それにこの時間になってもその店は並ぶ必要があるかもしれんからな」

お言葉に甘え、一度ホテルに戻ってお土産を置く。

そして、すぐにまた街に繰り出し、フゥが行きたいという店に向かった。

「うーむ、まだ少し並んでいるな」

フゥが指差すところには4、5組の客が並んでいた。

その店は老舗《しにせ》の料理屋のようで、深い焦げ茶色のレンガを積み上げて作られた店舗だった。

大通りの店のようなガラスの大きなウィンドウは持たない、とても渋い雰囲気だ。

「村と外の世界を行き来する同胞たちが、この店のオムライスは大層美味いと言っていたのだ。しかも、美味いだけでなく驚くような仕掛けもある」

「オムライスに……仕掛け？　それって一体どういう……」

「おっと、知らぬのなら知らぬままでいい。私は最後まで聞いてしまったが、何も知らない方がきっと驚きも新鮮だ」

「なら、そうしよう！」

列の最後尾に並び、店の中に呼ばれる時を待つ。

この寒いノーデンズの街で、外に行列を作る店ってのは本当に人気なんだなと思う。

そういえば俺だけ朝ご飯を食べていないし、お土産を見つけてホッとしたら、急に空腹感が襲って来たぞ……！

「お待たせしました。2名様と従魔1名様、お席にご案内します」

この店は従魔を連れている客とそうでない客のテーブルを分けて配置しているようだ。こういう気遣いはどちらの立場の人間にもありがたい。

席に案内される途中、厨房《ちゅうぼう》が見えた。

初老のシェフがテキパキとよどみなく動く様は、出て来る料理のクオリティを期待させる。

「さて、私は当然この店の特製オムライスだが、ユートとロックはどうする？」

「俺たちも同じものがいいよな？」

「クゥ！　クゥ！」

ロックは大きくうなずく。フゥの話を聞いてから、ずっと期待していたようだ。

「では、同じものを3つ頼もう」

特製オムライスを3つとそれぞれのドリンクを頼んだ。

そして、先に来たドリンクを飲みながら待つこと数十分。

運ばれて来たのは、チキンライスの上にオムレツを載せたような料理だった。

「……ん？」

俺は首をかしげる。頼んだのは間違いなくオムライスだったはず……。

だが、目の前のチキンライスは玉子にくるまれていない。

上にオムレツのような紡錘形《ぼうすいけい》の玉子が載せられてはいるが……。

「こちら側でナイフを入れてもよろしいでしょうか？」

「うむ、お願いする」

ウェイターとフゥのやり取りを聞いているだけの俺……。

だが、次の瞬間すべての疑問が解消される。

上に載せられていた玉子にスッとナイフが入ると、それがパッと開いて半熟の中身と共にチキンライスの上に覆いかぶさったのだ！

「な、なに……ッ!?」

対峙している魔獣が予想外の攻撃を繰り出して来た時のような声が出てしまった……！

それほどまでに俺はこの料理に驚かされた！

これは相当な火加減の調整と、贅沢《ぜいたく》なほど卵を使用する必要があるはず……。

少しは料理をやって来た俺にはわかる……。

普通のオムライスでさえ、卵の数をケチるとくるみ切れずにはみ出したり、ところどころ穴が開いたりして、非常にみっともない見た目になってしまう。

そこをこの特製オムライスは、わざわざ中身を半熟のまま周りだけを焦げない程度に焼き固め、綺麗に形を作るとそれをチキンライスの上に載せ、わざわざ客の前で切ってみせる……。

「確かにこれは驚かされたよ……！」

「では、ソースをおかけしますね」

俺が特製オムライスの正体を知ったと思っていたら、ウェイターが熱々のソースをオムライスの周りにかけ始めた。

この匂いはデミグラス……いや、ブロック状にカットされた牛肉まで入っているこのソースは、もはやビーフシチューのようなものだ！

これだけでスープ料理として成り立ちそうなものを、ソースとしてオムライスに……！

「すさまじいな……！」

およそ食べ物に対する言葉ではないが、それしか表現が見つからなかった。

最後にパラパラとバジルが振りかけられていく。

その緑の鮮やかさが、料理としての完成度を最後にワンランク押し上げたような気がした。

「ご注文は以上でしょうか？」

「うむ！」

「では、ごゆっくりどうぞ」

「ああ、ありがとう」

目の前でこの料理を完成させたウェイターが去って行く。

料理のほとんどを作ったのは厨房のシェフなんだろうけれど、最後の仕上げを間違えたら台無しになることを考えると、その責任と重圧はいかほどのものか……！

「ユート、冷めないうちに食べるぞ」

「クー！」

「あ、ああ……いただきます……。いやぁ、それにしても驚かされたな……」

スプーンでオムライスを口に運ぶと……上がり切ったハードルを悠々《ゆうゆう》と超えていく旨味が口いっぱいに広がった。

このビーフシチューのように深い味わいのソースが、それはそれは玉子に合うんだ。

チキンライスは見た目の赤さの割にあっさりとした味付けで、ソースの濃厚な味わいと喧嘩することなく上手く混ざり合っている。

実家でオムライスを食べていた時は、「ケチャップ味のチキンライスが中に入っているのに、なぜ玉子の上にもケチャップを塗るのだろう？」と思っていたけど、こういう答えもあるのか……。

「フゥ……君の店選びは完璧だ」

「だろう？　まあ、評判を聞いて選んだだけなのだが、これは間違いないものだ」

「クゥ、クゥ、クゥ、クゥ……！」

あまりにも美味で、あまりにも幸せな時間。ゆえに口数も少なくなる。

黙々と食べ進め、最後の一口を食べた後……また食べたいと思った。

もっと食べたいではなく、また食べたいなんだ。似ているようで違う。

今回の食事ではこの量で十分だと、体が自然と認識していた。

「適量とはこのことか……。ごちそうさまでした」

「うむ、ごちそうさまでした」

「クゥ、クゥ～！」

ほぼ同時に食べ終わった俺たちは、晴れやかな気分で颯爽《さっそう》と店を後にした。

厨房で料理を続けているシェフに声をかけたくなったが、まだ忙しそうなのでやめておいた。

「ユート、あの厨房を見たか？」

「うん、見た見た！　すごい手際の良さだったね」

「それでいて、設備は最新というわけではなかった。私の家のキッチンの方が豪華と言えるほどには普通の厨房だった」

「つまり、それだけ今の調理器具を使いこなしてるってわけだ。あと、俺たちじゃ想像も出来ないくらい料理の修業を積み重ねて来たんだと思う」

「そうだな。やはり積み重ねていかねば、結果はついて来ないな」

「いろんなことに気づかされる、深い料理だったなぁ……」

空を見上げて余韻《よいん》に浸っていると、空がすでに夕暮れ一歩手前になっていることに気づいた。

「あれ？　まだ3時過ぎぐらいだと思ってたけど……」

「北の大地の日の入りは早いのだ。時期にここも暗くなる」

「そういえば、山もそんな感じだったか……」

ノーデンズの街には、魔力で動く街灯が至るところに設置されている。

日が落ちても暗闇に怯える必要はないが、用事がないならホテルに引っ込んだ方が賢明だ。

どんな街でも夜の闇に紛れて悪事を働こうという人間はいる。

「フゥ、まだ用事はあるかい？」

「そうだな……。夜が更ける前に、まだ行ってない通りを歩いてみるか。街灯に照らされた街を近くで見るのと、上から見下ろすのとではまた違うからな」

「よし、じゃあ腹ごなしの散歩といこうか」

「ク〜！」

ロックも運動がてら翼をパタパタ羽ばたかせて飛んでいる。

あまり狭い道は通らず、比較的広く人目がある通りを進み、ノーデンズの街並を巡る。

そうして日が傾き、黄昏《たそがれ》の空が暗くなり始めた頃——

俺たちは街のど真ん中にあるはずがないものを目撃した。

「これは……スケートリンクなのか？」

街の広場に現れた氷の大地……！

本当に広場のほとんどが凍っていて、その周りは柵で囲まれている。

スケート靴を履いた人々は、柵に沿うように氷の上を滑っているんだ。

ほとんどが初心者のようで、みんな柵の近くを滑りたがるものだから、まるで魚の群れのように寄り集まって、ぐるぐると同じ方向に進み続けている。

おかげでスケートリンクの中央はガラ空きだ。

「街の寒さを利用したアクティビティというわけだな。確かに滑るためにわざわざ街から離れた池に行くのもめんどくさい。自然が相手だから、行った時にその池が完全に凍っているかもわからん。だが、魔法で街中に水を撒いて固めれば、確実に滑れる場所が完成する」

「暖かい場所じゃこれほどの氷を魔法で維持するのは大変だけど、この街の気候ならそれも全然可能ってことだね」

「どうだ、ユート。そなたも滑ってみるか？　スケート靴は貸し出しているようだぞ」

フゥの言う通り、靴底に氷の上を滑るためのブレードが取り付けられた靴を貸し出している人物がいる。

だけど、俺ってスケートをやったことないんだよね……。

出身は南の方だし、地元を出た後はずっと王都にいた。

前のギルドの仕事で寒い土地に行くことはあったものの、スケートのようなアクティビティを楽しめるような立場ではなかった。

それに今は山登りの後の疲労もあるし……。

「いや、今回は遠慮しとこうかな……あはは」

ガッカリされるかなと思ったけれど、案外フゥは気にしていないようで、不敵な笑みを浮かべながら何度かうなずいた。

「うむうむ、疲れているのに無理をすることはない。滑って転べば骨を折ることもある。最後の最後で怪我を抱えて王都に帰るのは、あまりにも虚しいものだ」

「まあ……ね。ここは大事を取ろうかなと……」

「ならば仕方ない。私の華麗《かれい》な滑走を見学しているといい！」

「……え？」

フゥは1人でスケートリンクに向かい、スケート靴を借りると慣れた手つきで履く。

そして、ロックは何か面白いものを感じたのか、フゥの肩に跳び乗った。

「ロック、少々回るかもしれんぞ？」

「クー！」

「ふふっ、承知の上なら構いはせん」

ロックを肩に乗せたまま、フゥは氷の上を滑り始めた。

周りの人たちとは明らかに違う、なめらかで慣れた脚さばきでリンクの中央に躍《おど》り出《で》ると、まずは準備運動とばかりに後ろ向きに滑ったり、片足で滑ったりする。

「あんなに滑れるものなんだな……！」

俺がそのテクニックに驚いていると、フゥがこちらに目をやりニヤッと笑った。

まだまだ驚くのは早い……とでも言うように。

ふらふらと柵に沿って滑っていた人たちもフゥの存在に気づいたようで、中には足を止めてその姿を眺めている人もいる。

そんな中、フゥの滑走はより高度になっていく。

体に1本の軸が通っているかのようなブレない高速スピン。

踊るように刻まれる細かなリズムとステップ。

身軽なジャンプに、体の柔軟性を活かした脚を高く上げるポーズ。

一歩間違えれば人の群れに突っ込んでしまうような危ない技はない。

氷の上を自由自在に滑るフゥの姿は、その白い髪、白い肌、白い服も相まって、雪の妖精にも見えた。

きっと、彼女の滑走を立ち止まって眺めている人たちもそう思ったことだろう。

数分間のアイスダンスが終わりを迎えた時、スケートリンクにいた人々から拍手が起こった。

好き勝手に踊っていただけのフゥは、いきなりの喝采《かっさい》に驚いて顔を赤らめる。

その後、周りの人たちにぺこぺこと頭を下げながらリンクから退散した。

「あ、あう……出しゃばりすぎたようだな……」

「いや、迷惑にはなってないし、みんなフゥの滑走が良かったと思ったから拍手をしてくれたんだ。何も恥じることはないよ。むしろ誇るべきさ」

「むぅ……！　とはいえ、恥ずかしいものは恥ずかしい……！」

フゥもこんなかわいい反応をする時があるんだなぁ。

スケートのテクニックを含め、まだ知らなかった一面を知れたような気がした。

「じゃあ、一旦ホテルに戻って、落ち着いたら晩ご飯のことを考えようか」

「うむうむ！　そうしよう……！」

俺の体の陰に隠れるようにして歩くフゥ。

その肩に乗っているロックはアイスダンスがとても面白かったようで、まだ体でリズムを刻み続けている。

「ロック、あんなにくるくる回って酔わなかったか？」

「クゥ〜！」

うん、全然平気そうだな。ドラゴンが目を回すなんてことは、そうそうないのかもしれない。

◇　◇　◇

ホテルに戻って来た俺たちは、晩ご飯の時間まで思い思いにくつろぐことにした。

昼食が少し遅かったので、まだ空腹というわけではない。

ただ、予定というのは先に立てておかなければならない。

「俺が気になるところといえば……このホテルのビュッフェレストランなんだよなぁ～」

街一番の高級ホテルというだけあって、その中にあるレストランの評判も非常に良い。

しかし、ホテル自体に従魔を入れるのは良くても、レストランに従魔を入れるのは禁止されているんだ。

ロックを置いて俺とフゥだけでビュッフェを堪能するなんてことはあり得ない。

やはり、ここは別のお店を探すしかないか……と夜景を見ながら考える。

フゥはまだ落ち着かないのか、時折顔を両手で隠して震えている。

まあ、美味しいオムライスを食べてテンションが上がっていた時に勢いで滑り始めたんだ。冷静になると恥ずかしいという気持ちもわからなくはない。

今はこんな感じのフゥが、普段の調子を取り戻すようなディナーにしてあげたいが……。

コンッ、コンッ、コンッ――部屋の扉がノックされた。

「はい、何でしょうか？」

扉を開ける前に尋ねて来た人物を覗き穴から確認する。

「おっ、ラヴィたちじゃないか」

俺は安全だと判断し、カギを開けて扉を開いた。

「こんばんは、何か用かい？」

「ああ、まあな……」

この反応的に今日の夜にでもノーデンズを発ち、王都に帰るのだと思った。

しかし、彼の口から語られたのは意外な言葉だった。

「ドラゴンを連れているお前のことだ。このホテルのビュッフェレストランに入れなくて、困っているんじゃないかと思って……な？」

チラチラとこちらに視線を送り、「困っていると言え」という圧を送って来る。

俺は実際に困っていたので、「うん、困ってたんだ」と答えた。

すると、ラヴィは少し安心したような口調で言った。

「21時にレストランフロアに来い。もちろん、夕食は食べずにな」

「えっ、あー、わかった」

「よし、それでいい。それを伝えに来ただけだ」

ラヴィはくるりと踵《きびす》を返して帰って行った。

「……これは期待していいってことだよな？」

1人残された俺は廊下に向かってそうつぶやいた後、部屋のドアを閉めた。

そして、部屋の中のロックとフゥに今の会話内容を伝える。

「2人とも、晩ご飯はこのホテルのビュッフェが食べられそうだ。ラヴィが期待通りの男なら……だけどね」

ロックとフゥは真顔だった。期待と不安が五分五分の時の表情だ。

でも、俺はラヴィを信じている。その証拠に鏡を見ると俺だけ少し笑顔だった。

◇　◇　◇

そして、21時になった。

ほぼ時間ピッタリにレストランフロアにやって来た俺たちは……すでに営業時間外のはずのビュッフェレストランがまだ明るいことに気づいた。

「時間通り……生真面目な男だな。好きなところに座り、好きな料理を食え」

ラヴィたちはレストランの入口で待ち構えていた。

「これは一体……どういうサービスで？」

「俺はこの5年間、毎年ロイヤルスイートルームに泊まっていたお得意さまでな。営業時間後のしばしの時間、このレストランを貸し切って食事をするくらいわけないのさ。まっ、クライム・オブ・ヒーメルの参加資格を失った以上、来年は来るかどうかわからんがな」

ラヴィは自嘲気味に言った。

でも、その言葉にもう優勝や勲章への未練や執念は感じられなかった。

「誘ってくれてありがとう、ラヴィ。おかげでロックは本来体験出来ないことを楽しめる」

たくさんの料理が並び、そのどれをどれだけ食べてもいいという体験……。

しかも、それが高級レストランとなれば、その体験の貴重さはさらに高まる！

「そんな改まって礼を言う必要はない。貸し切りと言っても他の客が食べた後だ。すべての料理が万全に揃ってないこともあるし、余らせて捨ててしまう食材を少しでも減らすためにホテル側が行っているサービスという面もある」

「それでもかなりたくさんの料理が揃ってるし、たくさん食べるロックには楽しくてしょうがない空間だよ。それに俺もこういう形式のレストランにあまり縁がなくてね。正直、かなりワクワクしてるんだ」

「うむ、私もユートと同じ気持ちだ。感謝するぞ、ラヴランス・ズール」

フゥがラヴィの前に立って礼を言う。

家庭でこのビュッフェは再現出来ないだろうし、フゥにとっても新体験なんだろう。

「なら……良かった。早く席について料理を堪能することだ」

俺たちは料理に近いテーブルを選んだ。

ラヴィたちもそうしたのだが……少し俺たちから離れたテーブルを選んでいた。

「もっと近くで一緒に食べればいいのに」

「ふんっ、そこまで慣れ合うのは御免だ。落ち着いて食事が出来ん！」

素直じゃないなぁと思いつつ、意識を食事に切り替える。

ラヴィは料理が揃ってないこともあると言っていたけれど、俺が見たホテルのパンフレットに書かれていた看板料理はすべて揃っているように見える。

きっと、ラヴィが宿泊する時は、よほど食材が足りない状況でもない限り、彼のために食材を残しているんだ。

貴族の息子ゆえの特別待遇というよりは、ロイヤルスイートルームの宿泊客はこのホテルにとって特別な存在なんだと思う。

泊まってくれるとすごく儲かるんだろうな……という雑念を振り払い、大皿を持って食べたい料理を盛りつけていく。

迷う必要なんて何もない。欲しいと思ったら今でも後でも取ればいいだけだ。

あの特製オムライスから6時間ほど経って、胃袋はすでに空腹だ。

満足させるだけ満足させて、胃をもたれさせるほど長くは残らない……去り際までもが完璧な料理だったというわけだ。

「クゥ！　クゥ！」

「おっと、ロックは自分で料理は取れないよな。俺としたことが目の前の料理に目がくらんだ……。よし、まずはロックの食べたいものを好きなだけ盛りつけよう！」

「クゥ〜！」

ロックは自分が食べたいものをどんどん指さす。俺はそれをひたすら皿に盛る。

肉、魚、野菜、パン、ご飯、スープ、ドリンク……置いてある料理を全種食べるという、人間では途中で断念してしまいそうなことも、ロックなら成し遂げてしまいそうな勢いだ。

「おっ！　ノーデンズ産ジャガイモのフライドポテトが今年はいっぱい残ってるぞ！」

「ノーデンズ産メロン１００％ジュースもある！　最高だ！」

ラヴィのところの双子がロック並のテンションで料理を盛っている。

彼らの好きな料理が今年は多く残っているのは、きっとレストラン側が去年の様子を見て、多めに用意してくれたんだろうな。

流石、高級ホテルはサービスが違うなと思いつつ、ついに俺が料理を取る番が来た。

ロックは先にテーブルについて、皿に盛った料理の数々を食べている。

ビュッフェ形式に、みんなで揃ってから食べるなどという発想はいらない。

満足いく盛り方が出来た者から食べればいい……とビュッフェ初心者の俺は思う。

「フライドポテト……美味しそうだ。俺も取っちゃっていいのかな……？」

「もちろん、いいですよ」

話しかけてきたのはラヴランスパーティの紅一点、バラカさんだった。

ジューネ族と王国の民、両方の血が流れる彼女。

厚化粧をやめた今は、その特徴がハッキリと現れている。

顔の骨格や肌の色はジューネ族だが、目の色や髪の色は赤みがかった茶色だ。

「あの、ユートさん……ありがとうございました。感謝したいことが多すぎて、1つ1つは挙げられないのですが……。ただただ、本当にありがとうございました。あなたのおかげで、道を踏み外した私たちにも未来があるんです」

「えっと……確かに道は踏み外したかもしれませんけど、そこからまた正しいと思える道に戻って来れたのは、他でもないあなたたちの力だと思います。間違いを認めて、今までの自分を否定するのは、正しいことを続けていくよりも難しいことですから」

そこまで言った後、俺は小声でバラカさんにこうささやいた。

「これからもラヴィのことを支えてあげてください……」

「はい、わかりました……。ありがとうございます……」

俺はフライドポテトを皿に盛り、メロンジュースも確保して一旦テーブルに戻った。

バラカさんも自分たちのテーブルに戻ったが、ラヴィは俺と彼女が会話しているところを見ていたようで、料理を取りに来るついでにこちらへ近づいて来た。

「何を話していたか……気になる？」

俺はラヴィに対して先手を打ってみた。

すると、思ったよりも素直な答えが返って来た。

「いや、察しはつく。1人立ち出来ない情けない男だからな」

「そう自分を卑下するもんじゃないさ。1人立ちしてれば偉いわけでもない。俺は親元から離れたけど、そのやり方は家出同然だった。両親が今どうしているのかもわからないし、両親も俺がどうしているのか……きっと知らない」

「……案外そういうありきたりな欠点があるんだな」

「ロックと出会うまではただのE級冒険者で、パーティの雑用しかやらせてもらえなかった男さ。それが今じゃ少しはマシな男になった。人間はそう簡単に変わらないけど、環境はきっかけ1つでガラリと変わるものだと思う」

ラヴィは俺の話を黙って聞いていた。1つ気になっていたことを切り出してみる。

「いつ王都に戻るつもりだ？」

「……やっぱ、親父に向き合うのは怖くもある。あんま帰りたくねぇなってのが本音だ。でも、必ず家に帰って向き合う。それは断言しよう。だから……お前も両親と向き合えよ、ユート」

「……これは痛いところを突かれたな。ああ、俺も必ず里帰りしよう」

俺とラヴィはそれぞれのテーブルに戻り、仲間たちと料理を食べる。

族長がノーデンズに来たら、俺たちは王都に戻って新しい王と謁見する。

それが新たな友好関係を生むのか、それとも争いを生むのか……。

ただ、2年間連絡すらしていない両親と会うことに比べれば、新しい王に会うことなど大したことないように思えてくる。

「ユート、食べることに集中するのだ。ダラダラしていると少量で満腹になってしまうぞ」

「クゥ、クゥ、クゥ、クゥ……ッ！」

「ああ、2人の言う通りだ。今はとにかく食べよう！」

この先にどんなことが待ち受けているとしても、今は最高の晩餐《ばんさん》を楽しむことが正解だ。

型録《カタログ》通販から始まる、追放令嬢のスローライフ
香兵衛和尚
魔法の型録で手に入れた異世界【ニッポン】の商品で大商人に!?
これがあれば 追放生活も楽勝です!
アルファポリス
アルファポリス第15回ファンタジー小説大賞「ユニーク異世界ライフ賞」受賞作!

辺境伯家次男は
転生チートライフを
楽しみたい
辺境伯家次男のやりすぎ異世界ファンタジー！
著 ベルピー
【創生神の加護】でもりもり成長して、
のびのび異世界暮らし！
友達はもふもふ
家族から溺愛
ひょんなことから異世界に転生した光也。辺境伯家の次男、クリフ・ボールドとして生を受けると、あこがれの異世界生活を思いっきり楽しむため、神様にもらったチートスキルを駆使してテンプレ的展開を喜々としてこなしていく。ついに「神童」と呼ばれるほどのステータスを手に入れ、規格外の成績で入学を果たした高校では、個性豊かなクラスメイトと学校生活満喫の予感……!?　はたしてクリフは、理想の異世界生活を手に入れられるのか——!?
◎定価：1320円（10%税込）　◎ISBN 978-4-434-32482-6　◎illustration：Akaike
アルファポリス

サラリーマンの福菅健吾《ふくすけんご》――ケンゴは、高校生達とともに異世界転移した後、スキルが『言語理解』しかないことを理由に誰一人帰ってこない『奈落』に追放されてしまう。そんな彼だったが、転移先の部屋で天井に刻まれた未知の文字を読み解くと――古より眠っていた巨大な船を手に入れることに成功する！　そしてケンゴは船に搭載された超技術を駆使して、自由で豪快な異世界旅を始める。

◉各定価：1320円（10％税込）　◉illustration：片瀬ぽの

転生前のチュートリアルで異世界最強になりました。
準備し過ぎて第二の人生はイージーモードです!
1~4
小川悟
15年ものチュートリアルを経て
やっと転生できたので
好き勝手させてもらう!
もふもふ愛でたり、
村ごと発展させたり
異世界を楽しみ尽くそう
ゲームのし過ぎで突然死した孤独なおっさん、33歳。彼は死後の世界で出会った女神に、3ヵ月のチュートリアル後に異世界に転生させると言い渡される。しかしなぜかチュートリアルは中々終わらず、転生できたのはなんと15年後!? ただ、その期間でステータスとスキルは最強級になっていた。この世界で「テンマ」と名乗るようになった彼は並外れた能力を生かして第二の人生を謳歌しようと決意する。魔狼の子供をモフったり、異世界グルメを堪能したり、村を発展させたり! 前途多難から始まったやりたい放題の冒険譚が、今幕を開ける——。
1~4巻好評発売中!
◉各定価:1320円(10%税込) ◉illustration:しあびす

著 水都 蓮
Minato Ren
トカゲ（本当は神竜）を召喚した聖獣使い、竜の背中で開拓ライフ
～無能と言われ追放されたので、空の上に建国します～
1・2
祖国を追い出された聖獣使い、
巨竜の背で自由に生きる!!
竜大陸から送る、
爽快天空ファンタジー！
聖獣を召喚するはずの儀式でちっちゃなトカゲを喚び出してしまった青年、レヴィン。激怒した王様に国を追放された彼がトカゲに導かれ出会ったのは、大陸を背負う超でっかい竜だった!? どうやらこのトカゲの正体は真っ白な神竜で、竜の背の大陸は彼女の祖国らしい。レヴィンは神竜の頼みですっかり荒れ果てた竜大陸を開拓し、神竜族の都を復興させることに。未知の魔導具で夢のマイホームを建てたり、キュートな聖獣たちに癒されたり——地上と空を自由に駆け、レヴィンの爽快天上ライフが始まる!
◎各定価：1320円（10%税込） ◎Illustration：saraki
水都 蓮
トカゲ（本当は神竜）を召喚した聖獣使い、竜の背中で開拓ライフ2
神竜の力で
古代都市が
激レア聖獣&幻獣と優雅に深海旅行！
海底リゾートに!?
コミカライズ企画進行中!!!

The Boy Who belongs to Group"B"
Bグループの少年 1~8
櫻井春輝 Sakurai Haruki
オレは目立ちたくない!
累計28万部!
新感覚ボーイ・ミーツ・ガール!
実力を隠して地味を装うエセBグループ少年――
助けてしまったのは学園一の超Aグループ美少女!
中学時代、悪目立ちするA(目立つ)グループに属していた桜木亮は、高校では平穏に生きるため、ひっそりとB(平凡)グループに溶け込んでいた。ところが、とびきりのAグループ美少女・藤本恵梨花との出会いを機に、亮の静かな日常は一転する――!?
「俺は目立ちたくない!」
実力を隠して地味を装うエセBグループ少年――助けてしまったのは学園一の超Aグループ美少女!
ネットで話題の超人気作!
新感覚ボーイ・ミーツ・ガール!
1~8巻好評発売中!
各定価:1320円(10%税込)
illustration 霜月えいと(1~6巻) 黒獅子(7巻~)
コミックスシリーズ絶賛発売中!
俺は目立ちたくない!
地味男子×美少女
「Bグループの少年1・2」
漫画:うおぬまゆう
「Bグループの少年X 1~3」
漫画:梵辛
各B6判 各定価:748円(10%税込)

この作品に対する皆様のご意見・ご感想をお待ちしております。

おハガキ・お手紙は以下の宛先にお送りください。

【宛先】

〒150-6008 東京都渋谷区恵比寿 4-20-3 恵比寿ｶﾞｰﾃﾞﾝﾌﾟﾚｲｽﾀﾜｰ 8F
（株）アルファポリス　書籍感想係

メールフォームでのご意見・ご感想は右のＱＲコードから、
あるいは以下のワードで検索をかけてください。

アルファポリス　書籍の感想　検索

ご感想はこちらから

本書は Web サイト「アルファポリス」(https://www.alphapolis.co.jp/)に投稿されたものを、改題、改稿、加筆のうえ、書籍化したものです。

手《て》切《ぎ》れ金《きん》代《が》わりに渡《わた》されたトカゲの卵《たまご》、実《じつ》はドラゴンだった件《けん》2
～追放《ついほう》された雑用係《ざつようがかり》は竜《りゅう》騎《き》士《し》となる～

草乃葉オウル（くさのはおうる）

2023年　8月　30日初版発行

編集－八木響・矢澤達也・芦田尚
編集長－太田鉄平
発行者－梶本雄介
発行所－株式会社アルファポリス
〒150-6008 東京都渋谷区恵比寿4-20-3 恵比寿ｶﾞｰﾃﾞﾝﾌﾟﾚｲｽﾀﾜｰ8F
TEL 03-6277-1601（営業）　03-6277-1602（編集）
URL https://www.alphapolis.co.jp/
発売元－株式会社星雲社（共同出版社・流通責任出版社）
〒112-0005 東京都文京区水道1-3-30
TEL 03-3868-3275
装丁・本文イラスト－有村
装丁デザイン－AFTERGLOW
印刷－図書印刷株式会社

価格はカバーに表示されてあります。

落丁乱丁の場合はアルファポリスまでご連絡ください。

送料は小社負担でお取り替えします。


ISBN978-4-434-32490-1 C0093